GREEN HELL
緑色地獄

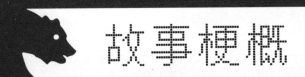

故事梗概

沒有人能猜到，這宗連環謀殺案的背後，竟與一場森林保衛戰有關。

　　二○一○年接近尾聲，舊灣仔警署在正式閉館前的最後一個月，正當大家準備收拾心情離開這座古老大樓，同時也準備迎接新年之際，忽然接到一樁棘手案件，警隊上下束手無策，膽顫心驚！

　　香港發生史無前例的連環謀殺案例，城中多處地方陸續出現少年沉迷電玩而離奇猝死的命案，那個神秘的電玩儼如一道惡毒的魔咒，奪去無數年輕的生命，弄得全城人心惶惶。警官關 Sir 和年輕警員 Richard 奉命徹查事件，但初步查探毫無頭緒，與此同時，他們身邊的同僚和親友更是一個又一個地給捲入這個有入無出、有去無回的殺人網絡……

　　為了解真相，Richard 以身犯險，不顧旁人勸阻，親自進入電玩體驗箇中的恐怖，卻不知不覺陷入了萬劫不復的虛擬地獄境地——黑森林。

　　面對這些神秘莫測、前所未有的連環謀殺案，警方早已潰不成軍。怪事接二連三地發生，死亡數字直線上升，究竟誰是這個電玩的幕後黑手？喪心病狂的大魔頭透過網絡四出殺人，背後隱藏着什麼邪惡的目的和不可告人的秘密？最後，誰能破解這道殺人於無形的世紀大魔咒？灣仔警署的一眾警員能否齊心合力戰勝惡魔，能否在警署被劃為法定古蹟的前夕化險為夷，在封館前畫上一個完美的句號？

主要角色

輝仔 　 男。十五歲。中三學生，時下少年，喜好上網，關 Sir 與肥媽的獨生子。

Richard 　 男。二十三歲。警員。倔強、好勝，富正義感。

Angel 　 女。二十歲。Richard 女友。大學生，清純、爽朗，虔誠教徒。

郭翔 　 男。二十八歲。電腦天才，恐怖組織狂熱分子。

關 Sir 　 男。四十多歲。高級督察。

肥媽 　 女。約四十歲。家庭主婦，關 Sir 妻子。

Justin 　 男。二十四歲。警員，Richard 好友。性格孤高，但意志薄弱。

林姑娘 　 女。二十六歲。雲南大學植物生態學博士研究生。

老婦 　 女。七十多歲。郭翔的養母。

Isabella 　 女。十四歲。輝仔同學。

小豬 　 男。十三歲。輝仔同學。

Gary 　 男。十五歲。輝仔同學。

Anatta 　 雄性。一歲半。白毛西莎寵物狗。

目錄

故事梗概   2

主要角色   4

01 離奇的死亡事件   8

02 社會的強烈迴響   11

03 警署的非常案例   15

04 小天地的奇幻空間   25

05 黑森林的守護者   33

06 不是你死就是我亡   43

07 狹路相逢的抉擇   53

08 聽不到的呼喚   59

09 零證據的謀殺案   62

10 神秘的殺人兇手   68

11 回歸大自然的懷抱   79

12 鋤強扶弱的英雄   91

13 扭曲的真實世界   103

14 天使魔鬼的決鬥   109

15 重要的新線索   114

16 愈來愈接近真相   125

17 束手無策的局面   143

18 假象中追尋真相   148

19 大惡魔的真面目   168

20 解除魔咒的鑰匙   200

21 微妙的生活變化   213

22 在遠方的團聚   225

緣起   228

離奇的死亡事件

天上烏雲翻滾，吞噬着每一塊白色的縫隙。

黑夜籠罩大地，這裏的夜晚比任何地方的夜晚都要漆黑，白天的蒼翠樹群變了幢幢魅影，野狼般的嚎叫聲此起彼伏，四周瀰漫着陰森恐怖的氣氛。

十二歲中一學生陳國偉在黑暗中摸索前進，手裏緊握着一把鋒利的軍刀，滿頭冷汗，步步驚心。

突然，那棵大樹上，茂密的枝條顫動着，一個黑影向他猛撲過來。

還看不出是什麼兇猛無比的野獸，陳國偉只管胡亂地揮動武器，猛砍過去，鮮血噴濺在他白色的校服上。幾經搏鬥，他朝猛獸的咽喉狠狠地插上一刀，猛獸倒在地上奄奄一息。

正當陳國偉定過神來呼了口氣、小心翼翼地探步向前之際，樹影後又跳出一頭身形更龐大的野獸。巨獸張牙舞爪，露出鋒利的牙齒。

陳國偉驚惶失措，就往野獸的身上捅刀。野獸瘋狂地咆哮，一口咬住他的手臂不放，武器甩在地上。雖然沒有咬斷他的手，但還是狠狠的撕了一大塊血肉下來。陳國偉掙扎脫身，身負重傷拔足狂奔，後面卻已追來更多的野獸。他慌不擇路，拚命的跑，揮刀砍死了幾隻追趕上來的惡獸，怎料腳下卻被突出的樹根絆了一下，一頭就栽進地上厚厚的泥土裏。

猛獸的重重黑影逐步逼近，如同在地獄裏冒出來的魔鬼，把他團團圍住。

一聲淒厲的慘叫聲在黑暗中迴盪。

猛獸仰起脖子，下顎一聳一聳的，貪婪的把嘴裏的屍體碎肉往喉嚨吞咽下去。

陳國偉倒在地上，臉容扭曲，手腳抽搐，口吐白沫。

房內一片凌亂。

電腦熒光幕發出的微弱亮光，時明時暗。

「砰」的一聲,那邊房門被撞開,闖進一個驚慌失措的母親來。母親一見倒臥在地上的兒子,頓時大哭大叫,差點暈了過去。

陳國偉已雙眼翻白,鼻流鮮血,氣絕身亡!

電腦熒光幕上出現了幾個閃閃爍爍的大字,配合着電腦合成語音讀出:

Mission failed Death

陳國偉出事後的那一天,他的同學郭楚茵同樣遇害,死在學校的圖書館裏。

第三天,港島區某中學中四男學生張德懷死在灣仔的一家網吧內。

第四天,九龍區某小學六年級男生范家堯死在舅舅的家裏。

同一晚,將軍澳區某高中有一男生倒斃在一列正往康城方向行駛的港鐵車廂內,死狀異常恐怖,嚇得其他乘客驚叫四散,場面失控。

死者生前正在使用手提電腦無線上網。

社會的強烈迴響

02

奇怪的死亡事件接二連三地發生，引來社會上極大的恐慌。

時代廣場的戶外大型電視熒幕，正在播放突發新聞消息，畫面背景是一處環境幽暗的網吧，網民各自坐在電腦前，不受管束地打機，十分投入忘我。

「過去一個星期，全港多處地方陸續發生了十宗少年沉迷打機而離奇猝死的命案。」印巴裔電視女記者作出旁白：「鑒於事態嚴重，警方已接手處理事件。」

時代廣場前已是人頭湧湧，普羅大眾對這宗荒誕恐怖卻又前所未聞的新聞事件特別關注。

記者訪問了不同的社會人士，聽取他們的看法。

醫管局高層面對多個迎上來的麥克風公布死因調查結果：「根據驗屍報告，所有死者都是死於突發隱性心臟病，死因並無可疑。」

　　「為什麼打機會死人的？」記者搶着發問。

　　「我們認為，在網絡遊戲中不眠不休地連續作戰，會造成身心疲憊，引致體內血糖含量急降，並可能因為身體嚴重缺水而誘發心臟病，或因心律跳動紊亂而導致心臟病發突然死亡。」這是醫學人士的專業分析。

　　教育界人士則大力呼籲全港學生不要過分沉迷打機，需要充分休息和進食以補充體力。

　　立法會大樓門外，多名死者的家長眼含着淚舉起橫額，引來記者的鎂光燈閃個不停。幾名激進派議員在鏡頭前力竭聲嘶，促請政府立刻採取行動封鎖該電腦遊戲，並立法監管含有暴力與色情成分的網絡遊戲，同時制定網絡遊戲分級制，以保障青少年不受其害。

　　大學社會學學者分析說時下的青少年被寵壞了，經不起挫折，連打機都經不起考驗，最後歸咎於教育制度的嚴重失敗。

　　佛教人士認為業報循環、因果輪迴，此乃眾生

的共業。劫由人造，須由人化，救劫先救人心。

　　西方宗教人士則認為這種現象極不尋常，可能是末日的先兆。

　　知名堪輿學家紛紛表示他們的命理著作早已洞悉玄機，並各自趁機推出風水擺設以幫助市民趨吉避凶，同時卻又互相指責敵手事後孔明，風水界掀起一場罵戰。

　　社會各界人士議論紛紛，有人認為事件非常邪門，怪力亂神靈異鬼魅之說言之鑿鑿。

　　最後，警務署長接受訪問。

　　「警方有何發現？有什麼可疑的成分嗎？」印巴裔電視女記者繼續追問。

　　「從表面的證據來看，所有死因都是與腦中風和心臟病發有關，沒有可疑成分。任何人如果不眠不休、不吃不喝的長時間在打機，只會造成過度疲勞，玩家會因精神過度亢奮與緊張而引發潛在疾病，導致死亡。」警務署長如是說。

　　「但是這麼多的學生死去，背後會是一個陰謀嗎？」

「現在沒有足夠的犯罪證據，但是我們會密切監察事態發展。其實這種事情以前也有發生過，只是這次一連出現多宗案例，引起大家的特別關注而已。請大家不要大驚小怪，我在這裏向全港的家長呼籲，小心看管你們的子女，嚴防他們打機上癮。我也必須提醒各位市民，特別是學生和年輕人，切勿玩那個名為《綠色地獄》、極度危險的遊戲！」

03

警署的非常案例

　　灣仔警署古色古香，火爐、樓梯和門窗，仍保持着三十年代的建築特色。

　　報案室裏的日常工作十分瑣碎，多是處理些打架傷人、財物失竊、流氓滋擾等案件，這天卻一連接獲了幾宗與動物有關的投訴。

　　清晨時分有市民報案，三頭年幼的野豬誤入民居，亂闖亂撞，警員 Richard 奉命來到現場，小野豬已被活生生的打死。原來，幾名晨運客害怕遭受襲擊，於是先發制人，把行山手杖當作武器合力對付小豬。小豬手無寸鐵，死在亂棍之下，狀甚恐怖。一名聽說是對小豬出手最狠的老婦受了輕微皮外傷，送院治理。其後，Richard 召來漁護署職員處理善後之時，隱約見到街角處的一團朦朧黑影中，躲着一頭怒氣沖沖、雙目含恨的母豬，他趨前查看

卻無發現。當時天色仍昏，難道那只是他幻想出來的假象？

　　午前，又有市民在路邊的一條乾涸水坑，發現了一條巨蟒，悠閒地沐浴在日光之下。Richard 接訊趕往現場，同時召來蛇王擒蟒，惟這蛇力大如牛，蛇王一時無法招架。Richard 與在場三兩記者施以援手，合力與巨蟒糾纏將近半句鐘亦未能將之制服，最後大蛇發動蠻力，甩開蛇王雙手，並張口反擊，蛇王不敵倒跌地上，一眾女記者嚇至花容失色，退至一旁尖聲呼叫。大蛇轉移視線，張口直向 Richard 這邊撲襲而來，Richard 心想這趟必死無疑，危亂中拔出配槍對準目標。就在那千鈞一髮之間，蛇王及時撲至，以利刃向大蛇連番狂插，最後巨蛇給亂刀插死，倒在 Richard 身旁，死不瞑目。

　　Richard 回到警署，猶有餘悸。他奮勇抗蛇的經歷很快已傳遍警署，同僚紛紛前來追問因由。

　　「這蛇伸展開來比一輛巴士還要長呀，牠該是香港有史以來在境內發現的最長的蟒蛇了，蛇王估計它已超過一百歲。」Richard 繪影繪聲地向同袍複述經過。

　　「一百歲？一百多年前香港還是條小漁村，這蛇不是見證了香港的成長嗎？」一名同僚打趣地說。

「真的是有驚無險！牠張開血盤大口，整個人都可以給吞進去！」Richard 説來激動，心情還未完全平復。

「Richard，你出了名是個冒險王，現在竟然給一條蟒蛇嚇得失魂落魄，好丢臉啊！」同僚故意取笑。

「呸，我怕牠什麼？」Richard 逞強地説：「我一槍就可以把牠幹掉！」

「大難不死，你還不趕快去還神！」

眾人你一言，我一語。然後另一名同袍加入話題：「説來奇怪，怎麼這陣子蛇蟲鼠蟻都跑出來鬧事？我前天接了一個投訴，一隻巨龜從天而降爆殼而死！」

「噢！從天而降？那肯定是被人從高處擲下！」

「好可憐啊！」同袍續説：「好大的一隻老龜，幸好沒有擊中路人，否則後果不堪設想。」

「龜有靈性啊！」Richard 回應道：「哪個變態狂徒這麼心狠手辣，要這老龜爆殼而死？天地不容呀！有沒有找出兇手？」

「沒有。」同袍答道：「之前有木蝨入侵民居，飛鳥襲人，山猴戲童，現在還有野豬亂竄，龜從天降，靈蛇咬人，我當了這麼多年差，從來沒有遇上這一連串的怪事。」

「事出必有因。」突然身後傳來一把聲音。眾人循聲望過去，只見同僚 Justin 一如以往的吹着口哨，趾高氣揚地走進來。

「好了，我們的生態導遊專家回來了。」Richard 說道。

「對不起，我現在的身分是警察。」Justin 糾正了 Richard 的話。

「那你有什麼高見呢？」Richard 問道。

「驚蟄未到，蛇蟲出沒，四出咬人，實為異象。」Justin 說來淡定。

「你怎麼突然好像道士上身？你沒事吧，別嚇唬我們。」

「難道你們認為此等怪事純屬巧合？難道你們認為這些飛禽走獸、蛇蟲鼠蟻四出襲人是為了搏出位、上頭條嗎？」

眾人若有所思。

「我們怎會知道原因？」Richard 回應道：「除非我會説豬話，講蛇語，把牠們拘捕回來，親自盤問個究竟。」

「動動腦筋吧，原因很簡單，只有一個。」

「嗯？」

「無路可走。」

「無路可走？」

「準確一點説：無家可歸。」

「是嗎？」眾人似懂非懂。

「時入隆冬，大蛇不是該已冬眠去了？為什麼還要出來曬太陽？」Justin 反問。

「是呀，我也覺得奇怪……」Richard 回應道。

「你們不知道嗎？香港本來就是一片森林。」

「胡説！」有人提出疑問：「香港怎麼會是個森林？別騙人！」

「信不信由你！我說是很久很久以前的事。」

眾人半信半疑。

「像我們警署後面的一大片山林，本來的生態環境非常好……」Justin 解釋下去：「依山傍水，這樣的好環境是非常適合小型野生動物生存。但是這麼多年來，山移了，樹砍了，草燒了，這些動物還有路可走、有家可歸嗎？加上近月來的連串山火，把牠們剩下來的家都毀掉，所以才會跑出來跟我們爭地方、霸地盤，就這麼簡單。」

「那牠們就當殃了！哼！跟我們爭地盤？只有死路一條！」

「蛇，是這裏的原居民之一。」Justin 補充了一句。

「但是人類對付他們只有一個辦法——」Richard 說道。

「嗯？」

「趕盡殺絕！」

聽到這裏，一片沉默。然後，Richard 打個完場道：「有見地！Justin 不愧為生態專家，分析

準確！請大家掌聲鼓勵！來來來，掌聲掌聲！」Richard 帶頭拍掌，同時也引來零星的掌聲，然後一眾散去，各自歸回自己的崗位。

剩下 Richard 與 Justin 兩兄弟。他們份屬好友，以前是同校的師兄弟，Justin 比 Richard 高一級，兩人都是籃球隊的校隊成員，現在步出校園又變成了同事。Richard 高中畢業已考入警隊，反而 Justin 轉了幾份工，去年才來報到，師兄師弟身分對調，但兩人感情依然十分要好。

「果然是一副專家口吻……」Richard 稱讚 Justin 道：「你當差真的有點浪費，倒不如回去做你的旅遊生態專家，好好發揮你的長處，幹嘛要轉行？」

Justin 做了一個像銀行出納員般數錢的手勢。

「嗯？」

「警察收入高，我不當，誰當？」Justin 打趣笑道。

「不要給我看穿，你賺多少花多少，最近馬季開鑼，也該給馬會進貢了不少了是嗎？」

「你不要管我，香港賭馬賭波都是合法的。」

「小賭怡情，你不要泥足深陷就是了。」

只見 Justin 眼神不忿，喃喃自語：「今晚一定要贏回來！」

「你怎麼了？肯定又是把薪水都給輸清光了吧？兄弟，別玩上癮。」

「你沒資格說我！」Justin 反駁道：「你管你自己好了，你自己不也是打機打上癮了嗎？」

「我有分寸。」Richard 答道。

「我提醒你而已，現在打機可大可小，隨時會賠上性命的，新聞看了沒有？」Justin 問道。

「咄！我正想要玩玩那個什麼鬼遊戲，看它有多恐怖！那些小孩膽小如鼠不堪一擊，我身經百戰，Silent Hill、Resident Evil、Clock Tower，還有比它們更恐怖的遊戲嗎？那我更要試試看！你今晚來我家一起玩吧，看誰先給嚇死！」

「沒空。」Justin 毫不思索就回答。

「嗄，我忘了你要進馬場去蓋草皮，是吧？」Richard 一眼看穿了好友。

「與你無關！」Justin 賴皮地説。

兩兄弟你一言我一語互不相讓。這個時候，高級督察關 Sir 挺着隆起的小腹走過來，指着兩人訓話：「蓋什麼草皮？沒事做嗎你們兩個！」

「關 Sir，借問一下……」Richard 説：「以你所知，有沒有警務人員曾經因為賭錢而被革職呢？」

「哈！當然有！」關 Sir 説：「那些手足被革職後，大多也沒有好下場，沉迷賭博，賠上的是自己的前途。」

「Thank you，Sir ！」Richard 回應道。

「你問這個幹嘛？」關 Sir 問道。

「沒什麼，問問而已。」

「身為警務人員，你們要以身作則，做個好榜樣。」

「Yes，Sir ！」

「還站着？去工作！」關 Sir 説罷走開，Richard 向 Justin 説：「聽到了沒有，你好自為

23

之！」

　　「我有分寸！」Justin 回敬一句。兩人各自回到自己的工作崗位。

04

小天地的奇幻空間

太平山下萬家燈火。

每扇窗都在上演着荒誕而真實的劇情。

這扇窗裏坐了一個貌似流行歌手周杰倫的十五歲少年輝仔，只見他頭戴耳筒，臉容緊繃，咬緊牙關，幾根指頭在鍵盤上飛快地舞動着，投入忘我地遨遊在無邊無際的虛擬空間裏。電腦後端的一團塵封的電線間，一條細小的青蛇蜷曲其中，一動不動，看來已進入了冬眠狀態。這裏暗不見天，電路散發着熱能，看來是個冬眠的好地方。

在這狹小的睡房裏，輝仔坐在電腦前，幻想着自己是個大英雄，與四面八方侵襲而來的怪獸連番搏鬥。

突然，傳來幾下猛烈的敲門聲。

「開門！」母親在門外喊道：「飯不吃了嗎？」

「等一下。」輝仔匆忙地把熒幕關掉，才把房門輕輕的打開。門縫中露出他那雙疲倦的眼睛。

「整天關在房裏幹什麼？」母親問道。

「試前閉關期，非誠勿擾。」輝仔慣常的藉口。

「先吃吧，不吃就涼了。」母親已把一個飯盒塞進來。

「又是叉雞飯嗎？」輝仔接過飯盒問道。

「叉雞飯不好吃嗎？」

輝仔翻一翻白眼反問道：「肥媽，請問，你愛吃鮑參翅肚嗎？」

「呃──」肥媽不明所以。

「Yes or no？」兒子追問。

「鮑參翅肚誰不喜歡？」肥媽反問。

「那以後每天給你吃，一日三餐，一年到晚三百六十五天都給你吃，你還會很喜歡嗎？」

「你——」肥媽張口結舌。

門已「嘭」一聲的關上。

「哼！」母親大動肝火：「還會駁嘴呀你，你這個衰仔呀！」

這時父親剛好回家，他正是高級督察關 Sir。

「怎麼了？」關 Sir 一見臉紅耳赤的妻子便問道。

「你回來正好！」肥媽轉向丈夫投訴：「你快教訓一下你兒子，整天躲在房裏不見天日，愈來愈難管教了，現在還反唇相譏，目無尊長！真是的！」

關 Sir 打了一聲呵欠說：「兒子上街玩妳反對，現在乖乖的留在家裏妳又埋怨，那到底該怎樣管教他呢？」

「現在是我來問你，你反問我幹嗎？」肥媽餘怒未消：「以前求神拜佛都希望輝仔用功讀書，唉，我想我明天真的要去還神咯，我們這個仔現在這麼乖巧，只管讀書，連飯也不肯吃！」

關 Sir 突然心血來潮，便問：「這幾天他都沒出去？」

肥媽搖頭道：「一回來就躲進房裏，轉死性了，你説我應該開心還是擔心？」

「快升高中了，要應付新課程，壓力一定有。」關 Sir 隨意一猜。

「這麼生性就好，我就是怕他上網玩——」

此話一出，突然空氣內的一切都靜止了。關 Sir 一想起那個已害死了十幾個學生的網絡遊戲，心裏就發抖。這時，肥媽捅了他一下道：「跟你兒子聊聊吧！」

幾下有節奏的敲門聲。

「又怎麼了？」輝仔從房裏喊出來。

房門這次沒鎖上，關 Sir 輕輕的把它推開。眼前所見毫無異樣。輝仔認真地伏案閱書，口裏念念有詞：「Since hardly any sun reaches the forest floor, things begin to decay quickly. A leaf that might take one year to decompose in a regular climate will disappear in six weeks. Giant anteaters live in this layer.」

關 Sir 向肥媽那邊打個眼色，示意她多疑了。肥媽呼了口氣，這時電視剛好傳來宮廷劇《宮心計》

的主題曲，肥媽馬上轉移目標，自說自話：「今晚可精彩了，三好你千萬不要死，不要讓金鈴這個奸人得逞！」說罷就走到客廳，一屁股坐到沙發上，目不轉睛地看着電視。

關 Sir 走進輝仔的房中，先看到一地的雜物，亂七八糟。

「輝仔！」關 Sir 說道：「收拾一下你這個狗窩吧，連走路的空間都沒有！」

「嗯──」十分敷衍的態度。

關 Sir 也不轉彎抹角，從口袋掏出一份報紙，放在輝仔案前。

整個版面都是那些打機打死了人的報道。

輝仔一愕。

「這東西，別碰！」父親指着報紙，轉入正題。

輝仔只是「哦」的一聲回應。

「聽到沒有？」關 Sir 一再強調：「千萬不要玩！看到了嗎？會死人的！」

「我哪有時間玩呀？」輝仔連忙岔開話題，隨手也找來一份宣傳單張，手一揚，放在父親的面前：「Daddy，考完試給我買這個。」

「這是什麼？」

「新版 iPad。」原來那是市面上最新型號的平板電腦宣傳資料。

「你上個月才買了新的手機！要買東西自己去賺錢！」

「一年一度的電腦周呀，有優惠有贈品，全港最平，機會難逢呀！」

「要買就得自己想辦法，別這樣混吃等死伸手拿錢！」

「不買就算了，別絮絮叨叨的煩死了。」輝仔拿起那份報紙塞回給父親：「出去出去，沒事別打擾我，拜託！」

關 Sir 神情認真地說道：「這報紙是給你看的，我再說一遍，不要碰，不要玩，看也不要看！」

「知道了知道了……」輝仔把父親推出房門外，然後一手把門關上。

輝仔説的一套，想的卻是另一樣：那不是廢話嗎？從來沒玩過這麼驚險的遊戲，已經過了兩關，好戲還在後頭，怎能不碰、不玩？無論如何，父母已起了疑心，怎樣也不能讓他們知道。現在玩的時候更要小心。輝仔加倍警惕起來，他走到房門前蹲下來，從鑰匙孔視察房外的環境，以策安全。

　　肥媽還是像釘子一樣坐在電視機前，全副精神投入到電視的光與影之中。輝仔恨不得這劇集從此一直播放下去，永不休止，永沒大結局，那麼他就可以無憂無慮地玩他的電玩去了。

　　關 Sir 鼓起腮幫子，一屁股也坐到肥媽的身旁，看着自己的妻子搖頭嘆息。肥媽指了指桌上的飯盒，示意關 Sir 自行吃飯。

　　「又啃飯盒？」父親看着飯盒埋怨道。

　　「嘿，都怪張太太！」肥媽邊看電視邊解釋道：「她不服輸要上訴，最後多打了四圈。」

　　「唉！」關 Sir 無奈地嘆了一聲，站起走向廚房。輝仔知道他必定是要拿啤酒喝，這是父親多年的習慣，他的「啤酒肚」也就是這樣喝出來的，惡習難改，每個晚上總要喝上兩三罐，才能安然入睡。

　　「肥媽！」這時廚房傳出了父親的喊聲：「啤

酒呢？怎麼冰箱沒啤酒？」

「忘了，明天給你買吧。」肥媽回應道。

只見父親從廚房走出來，一臉不滿，但也是無可奈何。在輝仔的眼中，這父親在警署裏發號司令，像頭威猛的老虎好不威風，但是回到家裏對着肥媽時竟然像隻小貓，敢怒不敢言。

父親沉着氣走到大門前。

「去哪裏？」肥媽邊盯着電視邊問道。

「買酒！吃飯！」

「呀！」肥媽回應道：「廁所沒廁紙，順便買些回來吧。」

父親「嘭」的把大門關上。

肥媽眼神只管盯着電視：「哎唷，三好多慘，被金鈴害成這樣子！最毒莫過婦人心，真是！」

輝仔不動聲色地走回電腦前，把書本推至一旁，重新開啟熒幕，戴上耳筒，他又要大殺四方了！

05

黑森林的守護者

月夜下，唐樓的外貌顯得十分陰沉。

這扇窗內是另外的一片小天地。

牆上貼了幾幅槍械的大海報，還有一幀 Richard 穿了軍服的照片，相中人威風凜凜。

這名屋主一趕回家就馬上登入了《綠色地獄》的網站，他一心要向難度挑戰，親身體驗箇中的恐怖。

畫面首先顯示以下字樣：

> 你要進入《綠色地獄》嗎？
>
> 是　　　　否

一根指頭點擊了「是」，隨即傳來了瘋狂的狗吠聲：

「汪！汪！汪！汪！汪！」

Richard 嚇了一跳！

小狗 Anatta 喜孜孜的跑過來，汪汪大叫，跟在這條全身長滿白毛的西莎狗背後的是一名短髮女郎。

Richard 才鬆了口氣，並怪責女友説：「Angel，妳怎麼來了卻一聲不響？」

「有呀！門鈴按了，是你聽不見，門也沒關好！你怎麼不應門？」女友反問，然後一手把 Anatta 抱起。這時，Angel 從眼角瞥見了電腦熒光幕上的畫面，暗吃一驚：「這是什麼呀？好恐怖啊！」

死亡遊戲已經開始了！

漆黑一團的電腦畫面，沒有盡頭的黑暗，徐徐飄出了一個面目模糊的幽靈，像無主孤魂般在空氣中飄蕩，飄呀飄。不一會兒消失了，還以為他不見了，卻又突然撲出，瘋狂地咆哮着，猙獰的臉孔佔據了整個畫面，眼睛都溢出鮮血來！

天生膽小的看到這個景象肯定會馬上關機。

Angel 不敢看下去，一臉緊張地問：「你為什麼玩這個遊戲？」

「夠刺激呀。」Richard 一臉不在乎。

「不要玩。」女友認真地說。

「呵呵，小兒科而已，今天就讓我大殺四方！」

小狗 Anatta 看到畫面也好像受了驚嚇，發出「嗚嗚」的哀聲，然後躲在 Angel 的懷裏不敢張望。Richard 拍了拍 Anatta 的屁股就罵：「你這膽小鬼，懦夫！以後怎樣倚靠你給我守門？」

Anatta 眨一眨水汪汪的黑眼睛，別過頭去，伏在 Angel 的懷裏。

「回去回去，別騷擾我。」Richard 說道。

Angel 瞪着眼睛問：「這是下逐客令了吧？」

「事關重大，我要替那些可憐的孩子報仇雪恨！」Richard 搬出一個冠冕堂皇的理由，恨不得馬上進入電腦世界裏與一眾惡魔拚個你死我活。

「我們不是說好要看電影嗎？」Angel 從口袋掏出兩張戲票來：「票買了。」

「啊——」Richard 這才恍然過來，支支吾吾地說：「那——這樣——明天才看吧。」

「你明天才玩不行？」

「這個嘛——」

「快，走吧！」

Richard 突然想出一個推搪的理由：「公事要緊呢。」

「公事？！」Angel 一臉愕然。

「嗯。」Richard 點頭道。

「玩這個鬼遊戲算什麼公事呀？」

「我要盡快掌握這遊戲的規則，我要盡快破案！」

「——？！」Angel 一副莫名其妙的樣子。

「你自己去看吧。」

「咄！」Angel 瞪大眼睛説：「我一個人去看幹嘛？」

「Kelly 呢？ Miu 呢？找找她們吧。」

「討厭！」

「明天陪妳好不好？」

「不看了不看了！玩啦玩啦！你儘管玩吧！」Angel 轉頭就走。

「去哪裏？」

「別管我！」Angel 向着廁所走去。

「明天一定陪你。」Richard 搖搖頭，把眼光再次聚焦在電腦熒幕上。那個面目模糊的幽靈在畫面中飄蕩，正在向他招手。突然，廁內傳出一聲震耳欲聾的尖叫，然後是 Angel 倉皇逃生的景象。

「幹嘛？」Richard 嚇了一驚。

「那！那——」Angel 喘着大氣，指着廁所説道：「好大的一隻癩蝦蟆呀！嚇死我了！」

「癩蝦蟆？！」

37

Richard 連忙走向廁所查看究竟，但毫無發現，走回來説：「哪裏有癩蝦蟆？」

「馬桶裏面！」Angel 叫道：「鼓起腮撐起四肢『嘓、嘓』的叫，幸好我沒有坐下去，太恐怖了！」

「怎麼會有癩蝦蟆？你眼花吧！」

「我親眼見到的！你這地方好髒呀！」

「奇怪！那肯定是從隔壁爬過來的。」

「哎呀，我走了我走了，我回去溫習好了。Anatta！」

小狗跑過來。

Angel 一手抱起 Anatta，對 Richard 説：「你打你的機吧！還有，有空的話，請好好打掃一下你的廁所！」然後生氣地離開。

門「砰」的一聲關上。

「唉，大驚小怪！」Richard 樂得五根清淨，剩下他一人，大可全情投入到遊戲裏了。

電腦畫面先出現了兩個虛擬人物的對話，交代了遊戲的前奏。遊戲的主角之一，史密夫，從上司的口中得知他的老友約翰死在一個陰深恐怖的森林內。根據調查，約翰死前正在調查一批價值高達一千萬美元的稀世寶石的秘密。由於任務相當重要，上司命令史密夫繼續追查稀世寶石的下落。史密夫接下任務後，便決定前往命案發生的黑森林。

虛擬的世界變成了真實空間。

Richard 駕駛着車子，獨自向深山進發。日夜交替之際，意境模糊，天色明暗曖昧，不知是黎明還是黃昏，現實與夢境的界線變得很不明確。

Richard 自言自語：究竟黑森林裏藏着什麼不可告人的秘密？到底是誰害死約翰？答案都會在前面這片無窮無盡的森林裏。無論如何，他決定要把真相找出來。

不知不覺間，Richard 已代入了史密夫的角色。

他來到一處荒野，獨自走出汽車，四周魅影幢幢，烏鴉不時哀鳴，氣氛怪誕。他下意識地拔槍，卻發現自己這時的身分已不是警員，幸好他在地上發現一把鋒利的劍，他正要俯身拿劍的時候，突然耳邊傳來一把合成語音：

「請回答以下問題——」

世上現存的森林面積約佔
陸地總面積的多少？
A. 5%　　B. 25%　　C. 50%

　　這是什麼遊戲？怎麼要我們這些玩家回答這種無聊的問題？森林面積佔陸地總面積的多少？天啊，這麼簡單的問題，怎會難倒我呢？百分之五？會這麼少嗎？百分之五十？肯定沒那麼多呢！那該是 B，百分之二十五，好，就這樣：B！

　　「對，請拿起武器。」

　　哈哈，果然猜對！Richard 笑着拿起地上的劍。「嘿！啊！嘿——啊——」他邊吼叫邊大力揮劍砍向空氣，以壯聲勢。

　　天空瞬間烏雲密佈，一道閃電掠過其中。

　　身後突然傳來嘭然巨響，Richard 往後一看，駛來的汽車已被一棵倒下的大樹砸成兩半。

　　隨即而來的是幾聲震耳欲聾的雷鳴！

Richard 心裏一驚，一把緩慢又嘶啞的聲音已在前方響起：

「歡──迎──你──」

Richard 舉目望去，只見一個提着小油燈、弓着身子的黑衣老婦，正朝自己拾級而下的走來。可是詭異的是，這個樣貌在黑帽下顯得模糊鬼魅的老婦的腳下，並無任何的台階，而是在虛空之中，一步一步的往下走。

Richard 深呼吸一下，鎮定着自己，然後提起劍以作自衛。

「我是這森林的守護者，歡迎你到來。」黑衣老婦用低沉的聲音介紹自己：「你的任務是打敗路西弗，拿下稀世寶石，成為這裏的王者，否則你便會像你的老友約翰一樣，死於這片森林內！」

「路西弗？」Richard 問道。

「這裏的主宰！」老婦答：「記住，你只有十三天的時間，你必須擊敗所有對手，連續通過十三關。限期一過，路西弗便會把你的靈魂勾走，永不超生！」

老婦逐漸褪色，慢慢地在 Richard 眼前消失。

但她的聲音仍瀰漫在空氣裏。

「小心你的每一步，你的每一個決定足以影響你的生死！」

既來之則安之吧，遊戲才剛開始，Richard 一點也不怕。

他四處張望嘗試找出通往黑森林的入口。

這時，就在前方的不遠處，地面徐徐冒起一道門來。就是那麼一道厚厚的大門，沒有依附牆壁，門框以外就是空氣。

Richard 鼓起勇氣，輕輕的把門推開，一腳踏進這片神秘的黑森林。

06

不是你死就是我亡

門內的世界一片漆黑，伸手不見五指。

Richard 在黑暗中摸索前行，陰暗的角落傳來不知名的「吱吱喳喳」的叫聲。

沒有盡頭的夜晚，無邊無際的黑暗，超乎想像的鬼魅。

「我要一個電筒。」Richard 的腦海自然而然地閃過這樣一個念頭。與此同時，一把合成語音在他的耳邊響起：「請回答以下問題——」

> 現時世界上最大的雨林位於哪一個洲？
> A. 南美洲　　B. 亞洲　　C. 非洲

43

真的有點可笑，本來以為這是個異常恐怖的電玩，怎麼現在竟然像個教育軟體？那是把幼稚的考題融入遊戲以增加趣味？答對了便可以拿取武器打怪獸，答錯了就要從頭來過？毫無新意毫不刺激，不過既然開始了就得繼續，入鄉隨俗吧。

在 Richard 的印象中，最大的雨林不是剛果就是亞馬遜了。剛果在非洲，亞馬遜在南美洲，非洲還是南美洲呢？好像是非洲剛果，但 Richard 依稀記得曾經看過一齣亞馬遜雨林的紀錄片，主持人好像說過什麼亞馬遜是地球之肺，是對抗全球暖化的最大的自然防線。既然是這樣，也有可能就是世界最大的雨林，那不如選 A 吧？好了，就這樣決定。

「對，請拿起武器。」一把聲音說道。

哈哈，又答中了！Richard 歡喜地掏出一個電筒。

燈亮了，一條光柱把前路照亮。

光柱在黑夜裏破開一條又一條的口子來，可見地面鋪滿一層層落葉，在上面行走，彷彿踩在厚厚的海綿上。

縱橫交錯的樹根露出地面，盤根錯節，在光柱的掩映下變成了一道道竄動着的巨蟒黑影，讓這裏

看來更陰深恐怖，神秘莫測。

在這雨林中，有一種可怕的山螞蟻，身形比我們平常在家裏看見的要大上好幾倍。它們成千上萬集中在地下，吸食動物的血液。身上長了一支粗螫針，噴出來的毒液，能令獵物動彈不得，並把它們溶為半液態，方便吞食。

Richard 顯然對此一無所知，正自投羅網地走進螞蟻聚集的包圍圈中。

山螞蟻頭上的兩根觸角，總是不停地左右晃動，彷彿已聞到人的氣息，紛紛躬身曲背向 Richard 這邊爬來。好幾隻已爬到他的鞋子上，但他仍懵然不知，兩隻眼睛只盯着前方。

突然，小腿感到一陣麻痹。

「唷——」Richard 痛得大叫起來。

這時他才突然看見，鞋頭上已爬滿了黑呼呼的東西。他感到一陣惡心，同時馬上查看自己的身上，發現腳管上也已有十多隻山螞蟻爬上來了。他連忙用手拍、用腳踩，但山螞蟻的附着力極強，剛去掉幾隻，又有更多的向他身上爬。

他迅速地把身上的山螞蟻抓了下來。看到地上

幾隻吸飽血的山螞蟻，他馬上用腳狠狠地把它們踩死，每踩一下，山螞蟻的肚子裏就射出一股血箭，十分恐怖。

「該死！該死！」

Richard 把山螞蟻踩成肉醬。

他向前方一看，電筒照亮之處，是一幅恐怖的地獄景象！

一支黑壓壓的蟻軍團，如浩浩蕩蕩聲勢駭人的大軍，正在橫行殺戮而來！

Richard 心裏一寒。

聽說螞蟻能抓住比它們體積大上幾千倍的獵物，難道他這麼快就要被淹沒在茫茫蟻海中，死在它們有毒的螫針下嗎？

「唷——唷——唷——」他連續被咬了幾口，痛得要命。

幸好他及時找到了一把狙擊步槍。

「請回答以下問題——」

熱帶雨林養育了全世界多少生物物種？
A. 少於 25%　　B. 約 50%　　　C. 多於 75%

　　在這個緊急關頭還要回答問題！來不及思考了，中庸之道，一半左右吧，B！

　　「正確。」

　　喔！真幸運，一把狙擊步槍馬上拿到手！

　　Richard 連忙扣動扳機連發三下，地上閃過三下火光，「噗！噗！噗！」的連飆起三道半尺高的枯葉子。

　　但螞蟻大軍還沒有散開。

　　Richard 只管一路狂奔，不停地回頭向地上開槍，但螞蟻仍是無處不在。

　　他靈機一動，撿來一罐汽油，隨即打開蓋子，邊跑邊把汽油澆在地上。也不知跑了多少路，直到筋疲力盡，他才摸出打火機。當打火機的火種一落到地上的汽油時，立時「刷」的一聲，迅即燃起一團向外擴散的可怕火浪，幾乎同時，山螞蟻全軍覆沒，瞬間淹沒在一大片火海中。

Richard 這才算出了口惡氣。

「Woohoo！」他自行歡呼喝彩。

這時候，耳邊傳來一把合成音：「您目前經驗值為 633。」停頓一下，再道：「可以升級，是否馬上進行？」

「Yes！過關了！」

Richard 在自己的家裏發出勝利的歡呼。

夜深時分，這是多麼擾人清夢的噪音，可是 Richard 毫不在乎，他已投入在遊戲的角色裏。

他信心大增，興奮莫名，馬上點擊「OK」。

於是，他繼續向着幽暗深邃的森林深處進發。奇怪的是，剛才腿肚子上那要命的疼痛忽然消失了。他拉起褲管一看，那幾道口子也不再湧血，新生的肌肉就像肉芽般彼此交錯着結合起來，傷口馬上痊癒。

耳邊響起合成語音：「升級完畢。您的傷勢、精力獲得了完全恢復，您的技能熟練度提升至 7。」

「Woohoo！」Richard 士氣大振。

他繼續前行，警覺地注意身邊的一切，深怕樹影後隨時會跳出一頭兇猛的野獸來。

「別動！」身後突然傳來一把恫嚇聲。

「放下武器，舉手投降！否則一槍把你幹掉！」

生命攸關，Richard 只好照着辦，把狙擊步槍扔在地上，然後高舉雙手，眼睛卻掃視着四周環境，以尋找任何可讓他逃出生天的機會。這是一個受過專業訓練的警員的良好反應。

這時，身後卻傳來熟悉的笑聲。Richard 轉身一看，樹影中走出一個身影，朦朧的月光下，可以看出他是輝仔。

他們都是登入這遊戲的玩家。

「哈！綠茶蛋糕，想不到在這裏碰到你。」

輝仔笑着走來，肩上扛着一杆長槍。不知什麼時候開始，那些孩子，包括輝仔，都把「Richard 大哥」喚成「綠茶蛋糕」。

「哼，可惡！你怎麼會進來了？快回去！」Richard 被惹惱了。

「害怕嗎，綠茶蛋糕？」輝仔得意地説。

「你這小鬼，你還沒資格説我，你最好馬上離開，以免你父母擔心。走吧！你會受不了的！」

「呵呵，這麼刺激的遊戲，我會捨得走嗎？我才剛過了一關，打死了幾隻小熊！」

「別自以為是！快回去！明天不用上課了嗎？」

「讓我多闖一關吧。綠茶蛋糕，我們一起走吧，大家並肩作戰，沿路可以互相照應。」輝仔建議説。

「別太天真了，輝仔！你要知道，這個遊戲到了最後只能有一個人勝出，不是你死就是我亡！」

有經驗的玩家都會知道，要成為最後的勝利者，必須把其他的競爭者逐一淘汰出局，必要時更要互相廝殺，把對方殺死，過五關斬六將，最後才能榮登王者寶座。

「呵呵，我剛才一槍就可以把你幹掉了！不過看在我 Daddy 的份上才給你留個活口！」輝仔自覺威風。

「哼，你不殺我，也不表示我以後會對你手下留情！」Richard冷酷地回應。

眼前出現了一個岔口，兩人無論選擇怎樣走，都會是驚險重重，危機四伏，一關比一關凶險，通關的難度也愈來愈高，但這樣的設計卻非常吸引玩家的好奇心，只會讓這裏愈來愈熱鬧。

「我往這邊走，後會有期。別讓我再見到你！」Richard選擇了方向。

輝仔不想與敵同行，走向另一邊。

兩人就這樣分道揚鑣。

「人不為己，天誅地滅，下次你死定！」輝仔後悔沒有幹掉對手，邊走邊暗暗詛咒。突然，在那棵大樹後，還是在地上的枯葉間，不知從哪裏傳來了幾下刺耳的敲門聲。

這是夜間裏他最害怕聽到的一種聲音。

輝仔一時清醒過來，警覺地把電腦熒幕的按鈕按下，房間頓時變得漆黑一片。沒有燈光下輝仔仍能熟練地跳上睡牀，大被蓋頭。

父親半夜從半掩的門縫中偷偷探頭進來。

「該死，怎麼又忘了把門鎖上！」大被蓋頭的輝仔暗自埋怨自己的疏忽。

「……二十七、二十八、二十九、三十。」終於數完了，那是多麼漫長的三十秒。確定父親已步出了危險範圍，輝仔才躡手躡腳地爬回他的座位上，悄悄的又開啟熒幕繼續拚搏。當然了，為免夜長夢多，這回他必須先確定房門已經鎖上。

07

狹路相逢的抉擇

輝仔再次走進黑森林，不慌不忙地探步前進。

「請回答以下問題——」又是那把熟悉的合成語音。

> 熱帶雨林通常分成四個主要層次，
> 哪個層次所棲生的生物物種最多？
> A. 露生層　　B. 樹冠層
> C. 灌木層　　D. 地面層

輝仔明顯是有備而來的。為了在這個電玩中勝出，他已把過去兩年的地理書都重溫了一遍，他清楚知道，露生層是非常高大的樹，它們比一般的樹冠高出許多，所以要忍耐高溫和強風，因此生物物

種不多。而樹冠層是絕大部分樹木之所在，它們吸收充沛的陽光和雨水，照道理來說應該是滋潤着各種各樣花草鳥獸的一層。灌木層靠近地面，只有少部分陽光才能穿透進來，物種數量自然不多。而地面層所接收的陽光更少，在這低光的環境下能夠生長的動植物當然不會很豐盛。輝仔十分肯定，答案就是「B. 樹冠層」。

「正確。」

意料之內。

收穫是從枝葉間拾起的一挺馬克沁機槍！這是個威力強大的武器，首次參戰是在一八九三年，當時一支五十人的英國殖民軍隊勇闖非洲南部一處密林，面對着五千多名非洲土着的頑強反擊，他們只動用了四挺機槍就當場擊斃了三千多人，戰績彪炳。

輝仔一槍在手，壯志凌雲，向着無盡的黑暗走去。

森林的另一邊，Richard 手裏握着威力更強大的 M16A4 突擊步槍，那是二○○三年伊拉克戰爭中美國海軍陸戰隊的標準裝備，曾在戰場上大顯神威。

「綠茶蛋糕」同樣雄心勃勃，繼續向前探索，小心謹慎地走着。

不知名的動物叫聲此起彼伏。

突然，他發現泥地上留下了一串又長又大的腳印。

是老虎？豹子？還是什麼兇猛的野獸？

這些神秘的腳印為五趾一掌，狀如花瓣，與人的相似，但比人的寬。

地上到處還見到絲絲血迹，這又是什麼回事？

Richard 趕緊得出結論：這是身形龐大的不明動物出來覓食。

他加倍防備，以防遇襲，才走了一小段路，已聽到呼叫聲。再循聲音走過去，他現在肯定了，那是陣陣的求救聲。

「救命呀！救命呀！」

有人受襲。

他躲在一棵大樹後，看到一個觸目驚心的情景。

一名男子正與一頭極其兇猛的大黑熊在搏鬥。那人竟就是輝仔！他為什麼會這麼快就遇上危險？很明顯輝仔已處於下風，手上的馬克沁機槍已掉到地上，滿腿鮮血，一拐一拐地正向着 Richard 這邊逃來。

　　黑熊卻來勢洶洶，步步進逼，好幾次幾乎把輝仔擒住。

　　這個時候，輝仔發現了 Richard。兩人的眼神一剎那觸碰了，輝仔向他大聲呼救。

　　「綠茶蛋糕，救我！」

　　Richard 馬上舉起他的 M16A4，瞄準那頭兇猛的黑熊。只要他扣動板機，這頭猛獸必死無疑，他絕對有信心做到，因為他在警隊裏的每次射擊演習中必拿下最高分數。他的指頭動作了，可馬上又猶疑起來。

　　他一開始就知道這個遊戲的規則，就應該緊抱着只許成功不許失敗的堅定信念，任何防止他成功登上王者寶座的障礙都要徹徹底底地消除，別留後患，這包括其他所有的競爭者，輝仔當然也不例外。

　　無毒不丈夫。他心裏躊躇。

如果輝仔只是不幸死於黑熊的利爪下，而不是由他親手殺害，那他該能心安理得。

「救我呀，Richard 大哥，救我呀！」輝仔哀哀央求。

不要被一時的婦人之仁而壞了大事。

Richard 立定主意，緩緩的把槍放下。

「Richard 大哥！ Richard 大哥！」

黑熊已把輝仔壓倒在地上。

Richard 深吸一口氣，握緊拳頭，別過臉去，動身就走，才走了幾步，背後已傳來一聲撕心裂肺的慘叫！

關 Sir 兩夫婦從睡牀上彈跳起來，循着叫聲就往輝仔的睡房衝過去。

父親用盡全身力氣把房門撞開，與母親一骨碌的摔到地上來。夫婦看到房內的情景，當場呆若木雞。

只見電腦熒光幕一明一暗地投射出淡淡的光影。

輝仔倒在地上蜷作一團，劇烈抽搐，臉容扭曲，雙眼翻白，渾身汗出如漿。

　　熒光幕上閃着幾個大字：

Mission failed
Death

08

聽不到的呼喚

伴隨着警示燈的閃爍和警報器的呼嘯聲，救護車在軒尼詩道奔馳，經摩利臣山道直轉入皇后大道東，不消三分鐘已抵達鄧肇堅醫院。

輝仔被緊急送進手術室進行搶救。

冷冰冰的醫院走廊裏，肥媽忐忑不安坐於一角，關 Sir 憂心忡忡地來回踱步。

很難捱的一個半小時。

凌晨三時半，醫生終於出來了，兩夫婦急步上前。

「醫生，我的兒子怎麼樣？」肥媽緊張地問道。

醫生深吸了一口氣，說：「病人送來醫院的時候，呼吸已幾乎停止，經過搶救情況已見好轉，不過仍陷入昏迷狀態，未能甦醒過來，什麼時候能脫離危險還不能確定。」

「醫生，他到底出了什麼事？」關 Sir 的心情非常沉痛。

「初步確診為隱性心臟病發，需要住院觀察。」醫生答道，然後搖了搖頭問：「又是玩那個死亡遊戲嗎？」

關 Sir 垂頭，無語。

「為什麼……為什麼會這樣的？！」肥媽一下子慌了：「醫生，請你救救我兒子，我就只有這麼一個兒子！醫生，求求你！」

「我們已經盡了最大的努力。」

醫生說罷便與兩個護士一起走開。

父母走進病房，見到躺在病牀上不省人事的輝仔，除了依靠呼吸機勉強維持的生命迹象，他甚至連心跳都幾乎停止。

「究竟發生了什麼事？究竟發生了什麼事？晚

上還好好的，怎麼會突然昏迷不醒？輝仔！不要嚇媽咪呀！輝仔！輝仔你醒來呀！輝仔！」

肥媽一下子懵了，一遍遍地喊着兒子的名字。

可是對於母親的呼喚，昏迷的輝仔依然毫無動靜，沒有半點反應。

「夠了！別吵了！」關 Sir 突然對着肥媽喊道。

肥媽愕然。

關 Sir 指着肥媽，滿腔憤怒：「你呀！你不是整天跟輝仔在一起嗎？怎麼連他在家裏做什麼你都不知道？！」

「你發什麼脾氣呀你！」

「我就是發你的脾氣！」關 Sir 終於按捺不住情緒：「你每天只管打麻將，你有好好的帶過孩子嗎？你有多少時間放在這個家裏，你說？現在出事了，你好好反省吧！」

關 Sir 把多年以來對妻子的不滿一股腦兒發泄出來，說罷拂袖而去。

肥媽一時呆住。

09

零證據的謀殺案

第二天中午，灣仔警署。

今天的氣氛有些異樣，到處充滿了壓抑不住的傷感。大家都在竊竊私語，互相從對方的口中了解事情的始末。

關 Sir 神情落魄，整個早上一言不發，沉靜地處理着案頭上的文件。

那明明只是一個虛擬的假象，為什麼會這樣？為什麼會這樣？

Richard 想了半天也想不出來。他心裏感到歉疚，現在輝仔躺在醫院裏生死未卜，他也總該站出來說個清楚——

他終於鼓起勇氣走到關 Sir 的辦公室。

「關 Sir，對不起。」Richard 抱歉地説。

關 Sir 抬起頭，眼下發黑，眼睛佈滿紅絲，很明顯他一整晚都沒有好好地睡過。

「是我——」Richard 心裏內疚，唇有些抖的說：「害了輝仔……」

「你説什麼，Richard？」關 Sir 不明所指。

「如果我出手幫忙，輝仔肯定沒事，不會那麼快被 K.O.……」

「K.O.？你在説什麼？」

「輝仔在黑森林裏被一頭大黑熊襲擊，向我求救，可是我沒有救他。」

「我兒子現在昏迷了躺在醫院裏，你竟來跟我開玩笑，什麼被大黑熊襲擊？你神經病呀你！出去！」

關 Sir 控制不住情緒了。

「那……那是千真萬確的。」Richard 嘗試進

一步解釋：「我們昨晚在同一時間上網打機，在遊戲裏面我真的見過輝仔。我們還有聊天。」

「你究竟在説什麼？！」關 Sir 有點難以置信。

對於任何人來説，這確實是讓人極度費解的事。兩個現實生活中的人頂多在網絡裏通通電郵、聊聊天、或者進行視像通話，但怎麼可能在電腦的虛擬世界裏相遇？最弔詭的是，現在 Richard 竟然告訴他，輝仔是在森林裏被一頭黑熊襲擊而死，那是怎麼一回事呢？

完全沒可能，實在太荒謬了！

關 Sir 搖着頭，喃喃自語：「輝仔竟然瞞着我去玩那個死亡遊戲？我不是已經警告過他嗎？怎麼不聽話？這孩子怎麼不聽話！」説着，氣憤地一記重錘猛地敲在桌面。

過去一個星期發生在香港的一連串少年離奇死亡事件，已叫全港市民談虎色變。《綠色地獄》這個死亡遊戲像一種令人聞風喪膽的傳染病毒，正向着全港迅速蔓延，叫所有醫生黔驢技窮，叫所有家長喪魂落魄，叫全港孩子防不勝防。

但想不到，這個魔咒竟會落在自己兒子的身上。

那麼輝仔會像其他少年一樣最後都會死去嗎？關 Sir 不敢想像下去。

　　突如其來的打擊一下子將他的家庭擊垮了，這個他們視若珍寶的兒子，如今竟癱瘓在牀上奄奄一息。肥媽還不肯面對現實，死守在病牀旁已經一日一夜沒咽下半點東西，心情還沒有平復過來。

　　「唉，難道我這個兒子就這樣莫名其妙的死去？」關 Sir 心裏有説不出的傷痛，一夜之間頭上好像多了幾撮白髮。

　　「綠茶蛋糕」耿耿於懷。

　　「我相信輝仔還在。」他心裏突然有這一種預感。

　　「什麼？」

　　「他只是昏迷吧，我認為——」Richard 妄自推測。

　　關 Sir 豎起耳朵聽。

　　「——他的靈魂還留在遊戲中。」

　　「那——那麼快把他救出來呀！」就連關 Sir

他自己也不知道為什麼會說出這種傻話來，這是多麼不可思議的一件事情啊，難道他就真的相信——

一個人的靈魂竟會被困在一個虛擬的網絡空間，嗎？

這實在太匪夷所思了！

「好了好了，就當作我相信好了，我來問你，現在我們該怎麼辦？怎樣做才能把輝仔救出來？」只要有一線生機，關 Sir 都不會放過。

Richard 苦苦思考着。

「說呀！」關 Sir 一再催促：「無論如何，一定要想辦法救輝仔！」

但 Richard 一點頭緒都沒有。憑經驗來講，這種攻略遊戲只能誕生一個勝利者，其他玩家一旦任務失敗，就會馬上被淘汰出局，必死無疑。這正正就是這個遊戲能吸引玩家之處，玩家既沒有不死身，也不能使用無限復活的設定，只有衝鋒陷陣，努力剷除異己，直達神級地位，才能成為王者。按照一般情況，玩家輸了大不了退出比賽，換個身分從頭來過。但現在的問題是，輝仔已被淘汰了，縱使他已退出遊戲，但他怎能從頭來過？

他已是一個躺在醫院裏的植物人了！

最後，Richard 搖了搖頭，慚愧地對關 Sir 說：
「對不起，暫時想不出任何辦法。」

「你不是説他還在遊戲裏面的嗎？」

「可是這遊戲到了最後只能誕生一個王者，輝
仔已經被 K.O.，不能復活了。關 Sir，請你給我一
點時間，我會盡量想辦法的。」

從來沒有電玩經驗的關 Sir 根本聽不懂這下屬
在説些什麼，但從 Richard 無奈的表情他已看出答
案。

關 Sir 失望透頂。

Richard 茫無頭緒之際，Justin 吹着口哨進來。

「我有線索！」Justin 蠻有自信地説。

他的出現為整個警署帶來了一線曙光。

神秘的殺人兇手 10

警署裏的其他同事都湊了過來，圍攏着 Justin。

「七天之內，死了十個學生，那不是偶然……」Justin 分析道：「背後是個陰謀！」

「那是什麼？快説！」關 Sir 急不可待。

「因沉迷打機而猝死的事件在世界各地時有發生，但一般都是個別事件，都是因為個別玩家受不了刺激而引發心臟病或中風等而導致突然死亡。」

「都知道了！講重點吧！」Richard 催促着。

「快快快！」

大家都很不耐煩。

「現在一連串的死亡事件都是由同一個遊戲所引起的，每宗案件都有出乎意料的巧合。首先，所有死者在出事前都是已與遊戲搏鬥了十三日十三夜，不多不少，剛好是十三天，而且玩家一天比一天着迷，容易感到煩躁不安、心跳加速、大量出汗等，徵狀與毒癮發作相似。」

大家細心聽着。

「到了最後一天，即是第十三天，玩家只一心想着打機，對身邊所有事物失去理性判斷能力，更不能控制打機的時間，神智變得迷糊，儼如行屍走肉，脫離現實，只有不眠不休地沉溺在遊戲裏，如果不能勝出，就會死去！」

聽到這裏，Richard 心裏一抖。難道這最終也會發生在自己的身上？當然不會了，那些死者都是小孩，又怎能與他這個體檢達 A 級並以優秀成績畢業於警校的大哥相比呢？他自信比他們堅強得多。

「還有些什麼發現？快說！」關 Sir 追問 Justin。

「第二個巧合的地方……」Justin 很有條理地分析下去：「就是所有死者死時的電腦狀態，都

顯示着相同的畫面，一個恐怖得使人不寒而慄的畫面，陰深的背景出現一個若隱若現的幽靈，時而張起獠牙，時而露出猙獰的臉孔……」

聽到這裏，各人真的起了雞毛疙瘩。

「……到了最後，死者被發現的那一刻，電腦畫面上都會出現幾個大字，就是：Mission failed. Death!」

Justin 先把多方面的資料組織起來，整個畫面確實清晰起來了。

大家都靜了下來，消化着這些訊息。

Justin 觀察着各人的反應。

然後，關 Sir 打破沉默，嘆了一聲說道：「但是掌握了這些線索又怎樣？可以救人嗎？可以把輝仔救回來嗎？」

Justin 聳一聳肩。

沒有人能回答。真的沒人知道答案。

「這到底是個什麼鬼遊戲？」一名女警說。

70

「既然每個 case 都有這些不謀而合的線索，你們就從這裏開始偵查，抽絲剝繭！」Justin 作出提示。

　　隨即引來熱烈的討論。

　　「對呀，每一個蛛絲馬迹都不能放過！」

　　「這不過是個電玩，為什麼會死人？太不可思議了！」

　　「Richard，你玩過了吧，有什麼發現？」有人問道。

　　「嗯——」Richard 想了想説：「我承認它是比一般的鬼屋遊戲恐怖，膽小的孩子是會受不住的！」

　　「那究竟遊戲中哪個地方隱藏着殺機呢？」

　　「殺人的動機又是什麼？」

　　「我不是説了，這是個陰謀，而且是個設計得非常精密的陰謀。」Justin 補上一句。

　　「你是説謀殺？」

71

「對。」Justin 點點頭。

「那麼誰是兇手？」

「對對對，誰是兇手？誰是設計這個混帳遊戲的混蛋？！」

各人同時好像發現了什麼大秘密一樣，眼睛裏閃出異樣的光彩。

對了對了，這個殺人於無形的網絡遊戲的幕後主腦是誰呢？

「Bingo！你們終於明白我的意思了，哈哈。」Justin 笑道。

「你不早說，老是轉彎抹角！」

「《綠色地獄》的設計者！對，一定要把他揪出來！只有他才會知道一切遊戲規則，也只有他才知道破解這殺人魔咒的方法！」Richard 說道。

「哼！先把他揪出來嚴刑拷問！」

焦點對準了，目標調查人物鎖定好了。

「哼！如果讓我見到那個混蛋，一定會把他一

槍轟掉！」關 Sir 狠狠的罵着，猶自不能宣泄他的怒火。

「就是了！先告他謀殺，然後把他五馬分屍！」

大家懷着一腔義憤，認真地把這一連串的死亡事件當作謀殺案去偵察，但所有個案還有一個共通的地方，就是既無人證也無物證，那他們該從何入手呢？

當然，就算真的把那個幕後主腦找出來，也沒有足夠的證據控告他謀殺呢。打個比方，要是你看恐怖片被嚇死了，那是誰的錯？要是你跑馬拉松全馬時休克猝死，那又是誰的問題？再説，如果你坐過山車受不了刺激而昏迷不醒，那又要誰來負責呢？那統統都是你自己的事啊！誰叫你選擇去看那齣恐怖片，誰叫你去跑馬拉松，誰叫你去坐過山車？那都只是因為你不自量力，與人無尤！

這也是警方重案組介入調查事件以來一直找不到破案線索的原因。兒子生命攸關，關 Sir 唯有另闢途徑，嘗試自行破案。無論如何，大家還是同意要先把《綠色地獄》的總設計師找出來，然後看看怎樣對症下藥，他必定能提供一些重要訊息，來制止這場已一發不可收拾的社會災難！

「但怎樣能找到他呢？」對電腦遊戲一竅不通

73

的關 Sir 發問。

「玩家，你能查得到嗎？」有人問 Richard。

「對呀，把那個什麼《綠色地獄》的生產商找出來就行了。」有人建議說。

Richard 搖了搖頭回應道：「問題是，《綠色地獄》不像其他商業遊戲產品，它是通過網絡免費讓用家下載，誰都可以進去玩！它完全沒有牟利的企圖，當中也沒有注明任何可以聯絡的負責人。」

噢！失望透頂！

但這到底又是怎麼一回事？這麼辛苦才設計出來一個精密無比的網絡遊戲，竟然不收取分文，這算是慈悲還是殘忍？存着好心卻做了壞事，真是天大諷刺。

那混蛋在設計這恐怖遊戲之初沒有估計到會弄出人命嗎？還是那只是無心之失？

究竟居心何在？

「動動腦筋吧，既然有人把遊戲上載，那就是說人一定在，問題是怎樣把他找出來。」

「方法只有一個……」Justin 淡定地説。

「快説呀！」

「唯一的途徑，是透過網絡供應商找出發放遊戲的 IP 位址。」Justin 續説。

「IP 位址？」對電腦一竅不通的關 Sir 問道。

「簡單地説，每台電腦都有一個地址，就像我們的家，只有一個地址，獨一無二。能找出發放遊戲的 IP 位址就有機會找出幕後的兇手！」

「好！」大家一致舉手贊成。

關 Sir 一點都不明白，但依然發出命令：「哪來這麼多廢話？還不快去查！」

「知道！」

這並不是一個常規命令，因為根本上整件事件就是那麼荒誕離奇，完全不能用常理去推斷去分析，也不能以常理去破案。

既然重案組的偵探毫無進展，他們唯有私下調查，始終他們自己也是警察。如果輝仔的靈魂真的還困在遊戲裏，連醫生也束手無策，那麼他們只能

透過另類的管道去尋求出路。

整件事情愈來愈撲朔迷離了，但無論如何也要把真相查個水落石出。

這時，突然走進來一名少女，臉色蒼白，驚慌顫抖，神情痛苦，上前哀求道：「阿 Sir，請你立刻找醫生來救我，我的腳被蜈蚣咬傷，痛得快要死了！」

少女拉起左腳褲管，露出涼鞋。Richard 一看，只見少女的大腳趾被毒蟲咬開了兩個小孔，紅腫一片，沾有血迹。

「你在哪裏被咬的？為什麼不直接去醫院？」Richard 問道。

「就在你們警局門口！好大的一條蟲啊！」這時少女突然尖叫，看來是蟲毒在體內發作：「唷！好痛啊！」

Richard 知道蜈蚣身有劇毒，可以致命，便當機立斷地説：「我馬上給你叫輛救護車來。」

少女被送走後，警局內一眾警員在交頭接耳。

「我們這裏門外有蜈蚣，很邪門呢。」一位警

員説。

「真是邪氣集結，不祥之兆。」另一名警員附和説。

「咄咄咄！天降異象呀，必生妖孽！」Richard 也來故弄玄虛一番。

大家聽着真的有點心寒。

「那怎麼辦？要不找個道士回來驅驅邪？」

「我認為，快去買些殺蟲水、老鼠藥、驅蟲器回來比較實際。」

大家議論紛紛，不期然地把目光轉移到 Justin 這位生態專家的身上。

「Justin，你有什麼看法？」Richard 問道。

只見 Justin 沉默不語。

Richard 覺得奇怪，他突然想起：「你今天不是休班嗎？怎麼回來了？放假沒事做嗎？」

「要是我今天不回來，我看你們想破腦袋也想不出破案的方法！」Justin 一貫的驕傲。

「自以為是！以前讀書是這樣子，現在——有過之而無不及呀！不要聰明反被聰明誤呢，老友！」Richard 心裏認同 Justin 聰穎過人，但口中還是要給他潑潑冷水。

這時，Justin 把 Richard 拉過一旁，似有話要說，但又有口難言。

「怎麼了？」

Justin 用單手做了一個數錢的手勢。

Richard 馬上意會了：「你又輸光了？」

「噓，是兄弟的就幫個忙。」Justin 壓低嗓子說道。

「你別賭了，十賭九騙呀，收手吧。」Richard 一如既往的苦口婆心。

「別囉嗦了，我會還你的，快！」

「要借多少？」

Justin 湊過頭去，貼着 Richard 的耳邊嘟嘟噥噥的說了個數目，嚇得 Richard 瞪大眼睛說：「What？你瘋了？我哪裏有這麼多錢？！」

回歸大自然的懷抱

11

群山起伏連綿不斷。

古人視為畏途的崇山峻嶺早已被劃出一條蜿蜒綿長的車路。

一輛吉普車正在高速奔馳，一路鑽進群山的懷抱中。

「怒江大峽谷是世界上最長、最神秘、最美麗險奇和最原始古樸的東方大峽谷，比美國的科羅拉多大峽谷還要長呢！」

車內，年青的嚮導姑娘侃侃而談。

窗外風光如畫，山腰間的林木鬱鬱蔥蔥，美不勝收。

79

「這裏擁有世界上最珍稀的植物，名花異卉、稀世藥材，不少已被列為國家一級保護的物種，包括禿杉、硫磺杜鵑、水青樹……」

　　「林姑娘，請問還有多遠呢？」關 Sir 心煩意亂，按捺不住，終於打斷了嚮導的話。

　　照平常情況，她的介紹只會引來遊客此起彼伏的讚歎聲，怎麼今天這兩位香港來的貴賓總是愁眉不展、滿懷心事？

　　她又怎麼知道這夫婦是為了兒子的生命而來的？

　　她看看手錶，估算了一下回答道：「三個小時吧。」

　　「這麼遠呀？」肥媽也不耐煩了。

　　「一切都是值得的。」林姑娘答道：「這裏的風景聞名中外，很多歐美國家的遊客像你們一樣長途跋涉慕名而來。」

　　關 Sir 望着窗外的奇峰急流，仙岩怪石。車子已走了半天，究竟還有多少路要走？只怕輝仔等不及他們回去。夫婦心裏無時無刻都在擔心兒子安危，何來心情欣賞窗外風景？

路縱遙遠，哪怕是天涯海角，他們已下定決心，非要找出那個幕後主腦不可！

Richard 多艱難才找到《綠色地獄》的 IP 位址，無論如何也要過來一趟看個究竟，這個既神秘又殘忍的網主到底是何方神聖，竟然設計出這樣一種能奪人性命的網絡遊戲！

根據查詢得來的資料，《綠色地獄》的 IP 位址屬於雲南省通信管理局，具體位址處於雲南怒江中緬邊境地帶。那是戶什麼人家？還是一家什麼電腦軟件開發的神秘公司？

多麼艱辛的路程啊，但三個小時以後，一切謎底將會揭盅！

「一定要把真兇揪出來！」關 Sir 由始至終只有一個念頭。

他們特意請來這名當地嚮導，也是為了相同的目的。

林姑娘聽説過香港人難服侍，原來此話不假，就看眼前這對夫妻，不苟言笑，不是來遊覽嗎，幹嘛這副嘴臉？説得難聽點，真是奔喪着臉，何苦呢？哎，那該對他們説些什麼話題呢？

「香港一定沒有這麼一塊原始森林……」林姑娘察言觀色地試探着。

兩夫婦仍沒反應。

車子仍在顛簸的山路上走。

怒江中遊兩岸可見紅棉怒放，且片片成林，在碧綠的怒江上抹上一片片截然相反的濃厚色彩。

林姑娘想到了《小王子》的故事。也許小王子說得對，大人喜愛數目字，假如你對他們說：「我看到了一棟玫瑰紅磚造的漂亮房子，視窗有天竺葵，屋頂上有鴿子。」他們對這棟房子不會有任何概念。你必須對他們說：「我看到了一棟價值兩百萬美金的房子。」這時他們才會大叫：「啊，好漂亮的房子！」

如果成年人特別喜歡數字，她不妨這麼說：「這樣一個原始森林，在中國境內也已所剩無幾，僅佔中國森林面積的百分之二，約五萬五千多平方公里。」

果然引來了反應！

「中國這麼大……」關 Sir 終於開口了：「森林的面積才只佔它的總面積的百分之二？沒可能

吧？」

　　林姑娘滿意地笑了笑便回答道：「不對。我是說完全未受侵擾的原始森林，現在只佔中國森林的總面積的百分之二。其他百分之九十八都已受不同程度的開發和破壞！」

　　「這麼嚴重嗎？」

　　這個事實對於任何人來說都是難以置信。

　　「事實就是這樣啊！」林姑娘續說：「這剩下的百分之二，除了在雲南這一帶以外，還分佈在四川西部的大雪山、西藏的雅魯藏布江、內蒙古最北端的大興安嶺，和新疆的最北端。」

　　果然是專業導遊，脫口就能說出具體資料。

　　「真想不到，還以為中國地大物博，什麼都比別人豐富。」

　　「如何豐富也會有耗盡的一天，況且這不過是個錯覺吧，其實中國的人均森林資源遠遠低於世界的平均水準，我們必須依賴進口來滿足對木材的需求。」

　　「騙人！堂堂大國還要進口別人的木材？笑

話！」關 Sir 不敢輕信這位稚氣未脫的姑娘的説話。

「大叔，我幹嘛要騙你，我講的都是實話！」林姑娘反駁説：「人口太多，資源就不夠了。加上過去大規模採伐造成了過度破壞，大片原始森林已所剩無幾，剩下來的也正迅速消失。中國是這樣，世界也是這樣。根據統計，現在全世界每五分鐘就有一塊標準足球場大小的雨林消失。由二〇〇〇年到二〇一二年，僅僅十二年間，全世界的森林面積足足減少了一百五十萬平方公里！再這樣破壞下去，後果真的不堪設想。」

「一百五十萬平方公里……」關 Sir 向來精於心算：「以香港的面積一千一百平方公里來算，那就是等於一千三百到一千四百個香港的大小了。」

「那是很驚人的數字對不對？」林姑娘笑問。

「嗯。」關 Sir 沉默下來，往窗外一看，又感奇怪：「這裏一望無際都是樹林，整片山頭都是綠色，不全都是樹嗎？不全都是源源不絕的木材嗎？我看還能用上很多很多年呢。」

「那就是大錯特錯了！」林姑娘馬上更正他：「從另外一個角度來看，你會發現，人類文明蠶食大自然的速度是蠻驚人的！你知道嗎，地球的歲數有近四十六億年，若按比例縮減為四十六年，那麼

就是説，人類在地球上生活了只是四個小時，而工業革命才剛剛開始了一分鐘，但是——」林姑娘嘆了一聲再説：「就是這麼一分鐘的光景，我們已經破壞了全球過半的森林了！」

眼前這個三十不到的小姑娘果真是名專家。關Sir和肥媽哪裏知道，她原來是名研究院博士生，主修植物生態學，何其冷門的學科！當嚮導嗎？不過是為了興趣，也好賺賺外快。

「你們來玩，一定是大自然的愛好者，很多人都怕辛苦不願來呢。」打開了話題，往後的話就容易講。

「咄！山長水遠，不是為了輝仔你砍了我的頭我也不願意來。」肥媽的腰發疼，暗地裏埋怨。

滴滴答答，時間為何過得這麼緩慢？

汽車搖搖晃晃地走着，讓人昏昏欲睡。

不知自何時下起了雨，淅淅瀝瀝的雨點打在車窗上。

難熬的三個多小時終於過去了，當關Sir和肥媽再次睜開眼睛，汽車已經來到了目的地。

眼前是一處荒涼偏僻、人迹罕至的野外。

密林中一棟古舊大屋映入眼簾。那似乎是唯一有人煙之處。

雨停了，烏雲仍密佈於屋頂，大屋的外貌陰森，四周瀰漫着恐怖的氣氛，不禁令遊人卻步。

「我以為你們是遊客，原來你們來找人。」林姑娘把夫婦領到門前，突然又問：「你們真的要進去嗎？」

「為什麼不？裏面住的是什麼人？」關 Sir 反問。

「一個老婦。」

「就她一個人？」關 Sir 需要確切的答案。

「嗯。」林姑娘點頭道：「好奇怪的一個人，整天不説話，沒有人敢來碰她。」

「她懂電腦嗎？」肥媽隨意一問。

「什麼？」林姑娘瞪大眼睛，還以為自己聽錯。

「這老婦人會設計電腦遊戲嗎？」肥媽補充説。

林姑娘撲哧笑了幾聲。

「七老八十老眼昏花，哪有可能懂電腦？呵呵！哈哈哈！」

自知問得很笨，但這還是必須要問的啊！

「這裏一帶也用電腦嗎？」

「現在電腦無孔不入，上網也可以，只是信號稍為微弱一些。」

夫婦感覺很不妥當，他們大半是來錯了地方，摸錯了門。但既然來了，拍拍門打個招呼吧。

大門緊緊地關閉着。門是那種很古老的大門，上面貼着兩幅老舊的對聯，右面寫着「仁者樂山」，左面寫着「智者樂水」，門上還掛着一隻鏽迹斑斑的大鎖，不過鎖並沒有合在大門上，因此表明裏面有人。關 Sir 很有禮貌地敲門，木門發出沉厚的聲音，顯示這木門頗厚。

「你好，打擾了。」關 Sir 的普通話真爛，把「擾」字説成「搖」音。

沒有絲毫動靜。

「有人嗎？」肥媽向屋內喊叫。

這時，門緩緩拉開，發出「咿咿呀呀」的叫聲。

開門的果然是一位古稀老婦，白髮蒼蒼，稀疏地盤在頭上，她雙眼深陷，瞳孔有些渾濁，黃褐色的臉皮上爬滿皺紋與老人斑，額前還有一道長長的疤痕。

老婦神情癡呆，目光幽幽。

對於關 Sir 簡單的自我介紹，她一聲不吭，沒半點反應。

關 Sir 只好開門見山。

「請問妳就是《綠色地獄》的設計者嗎？」

老婦仍是那副癡癡呆呆的表情，不理不睬，逕自走回屋子裏。

夫婦交換一個眼神，好奇地跟了進去。

室內昏暗一片，只有微弱的燭光。一眼看過去，家具都很陳舊，表面還蒙上一層髒垢。老婦坐在那邊的搖椅裏，目光依然空洞，搖呀搖，她似乎很喜歡那種晃動的感覺。

「她怎麼會是那個鬼遊戲的設計者？」肥媽的懷疑理據充足。

關 Sir 視察環境後說：「這裏連電視冷氣冰箱什麼都沒有，哪會有電腦？」

「我們走錯地方了。」

燭光時明時暗，突然從牆上投影出一頭猛獸，迅速從高處撲下。

「哎唷！」嚇得肥媽雙腿發軟。

原來那只是一隻小黑貓，從那檀木大櫃頂上一躍而下，跳進搖椅裏的老婦的懷中。老婦臉無表情地輕撫着黑貓。小黑貓眼神炯炯，喵喵地叫了起來。

「這裏太可怕了。」肥媽的腦海中閃過了很多有關鬼屋的恐怖想像，她拉一拉丈夫說：「走吧，老公，別待下去了。」

老遠的跑過來，就只讓他們見到這麼一個神志失常的老婦？

「那我們不是白費工夫了嗎？」關 Sir 十分洩氣。

「她根本不是我們要找的人！」

這是多麼一個讓人沮喪的決定，因為這意味着此行一點收穫都沒有。

　　連拯救輝仔的一絲希望也落空了！

　　「完全搞錯了！哼！那個 Richard 怎麼搞的？給我們這麼一個錯誤信息，害我們白走一趟！」

　　夫婦帶着極度失望的心情離開。

12

鋤強扶弱的英雄

霓虹閃爍，放肆地展示着鬧市的繁華。

城市的夜空，星星早已黯淡無光。

這扇熟悉的窗戶裏竟傳來不常聽見的爭吵聲。

「不要玩下去了！」那是 Angel 的聲音：「我怕你遲早會出事。」

「妳怎麼了？我這兩天不是好好的，你看我像有問題嗎？」Richard 為自己辯護。

兩人在電腦前對峙着，熒光幕正顯示着《綠色地獄》那可怕的網頁。

小狗 Anatta 也加入了戰團，向着兩人吠叫。

「不行！No！」女方擋在電腦前：「你拖了兩天了，戲你決定不看了是吧？」

「看，不過──」

「怎麼了？」

「我因為答錯了一條問題，所以要重頭來過，耽誤了一點時間。」

「什麼？！」

「但是我已經過了五關了，經驗值達到了99680，要我現在退出太可惜了！而且，做人怎麼可以半途而廢？我現在只剩下七天的限期，我一定會贏的！我贏了陪你去看什麼都可以呀。」男方毫不讓步。

「落畫了，沒得看了！」

「那麼上網下載呀，買 DVD 看呀，哪有沒得看這回事？」

「哼！」Angel 生氣極了：「不跟你講了！好呀！去玩吧，你去送死吧！」說罷就一手把 Anatta 抱起。小狗似乎很懂事，依偎着主人給她安慰。

「喂，Anatta！」Richard 轉向小狗，拍了拍自己結實的三頭肌打趣地說：「你看我多壯！哪會去送死？」

我會沒事的，相信我！

「我才不管你！」Angel 轉頭就走。

Richard 一手把她拉回來。

「怎麼了？」男友的語氣變得柔和：「這是個重大的任務嘛，關乎許多條年輕生命呀！任務完成了我請假陪你去玩，嗯？」

Richard 完全了解心軟的 Angel 的弱點，一擊即中。

「我只是擔心你啊……」Angel 的態度明顯已軟化下來：「現在每天都有人出事，不是死就是昏迷不醒，要是你也出事了我怎麼辦？」

「你真的以為我是那些嬌生慣養的小孩，會害怕、會受不了刺激？」Richard「咯咯」笑了幾聲，彷彿在訕笑 Angel 的無知：「我打了 war games 這麼多年，身經百戰。還有，我是紀律部隊、警務人員，現在我要出發去剷除壞蛋，不值得鼓勵一下嗎，嗯？來，我的寶貝，笑一個！」

Richard 逗着女友。

「會死人的，你還說笑？」Angel 把他甩開，眉心緊皺。

「這樣吧⋯⋯」Richard 建議説：「給我三個小時！三個小時以後我一定勝出！好不好？」

「爭強好勝，害死你呀！」

「哈哈，我不爭強好勝那又怎樣從妳一大堆的追求者當中把妳的芳心奪取回來？」

「哼，你別自以為是，我們一天還未結婚，我們各自還是有選擇戀愛對象的自由。」

「妳不是嫁定我的嗎？」

「走開！」

「都説好了，三個小時！三個小時以後一切回復正常！」

「好！我就留下來盯着你！」

「No！No！No！不要讓我分神。」

「我就是要盯着你，不讓你死去！三個小時，一言為定！」

Richard 無奈應承：「好了好了，我投降了。」

兩人勾勾手指，一言為定。就這樣，死亡遊戲又再展開。

Richard 活像電影《未來戰士 2018》裏面那個大英雄尊‧康納，全副武裝地向着森林的深處進發。但在穿起這一身裝甲之前，他幸運地答對了一條難題，問題是這樣的：

> 榕樹的壽命有多長？
> A. 100 歲左右　　B. 500 歲左右
> C. 1,000 歲以上

他馬上聯想起彌敦道上柏麗大道兩旁的古榕樹，去年感染了「褐根病」，樹根吸收不到足夠水分及氧分，最終樹幹腐爛，支撐不住而倒塌，最後把幾個途人壓傷。他還記得當時的新聞標題是以什麼「英年早逝」來報道，因為榕樹一般的壽命很長，而彌敦道上的所謂古樹，雖有百歲高齡，但也只屬榕樹的幼齡而已，一般而言，活上一千幾百年是沒有問題的。最後，Richard 選了 C，因此獲得了所

需的武器。

Richard 好不威風，踏着闊步向前走。

植物上總是爬滿了咬人的大螞蟻，地面潮濕的樹葉層下經常是又滑又軟的泥漿和腐爛的木頭，一不小心很容易會被絆倒。一團團的藤蔓和亂七八糟地匍匐的植物使行走變得愈來愈困難，再加上林子裏悶熱異常，身陷其中的 Richard 告訴自己要步步為營，一舉一動都要格外小心。

「咦？那些是什麼東西？」

怎麼有那麼多藍色的亮亮的東西？莫非那就是價值連城的稀世寶石嗎？好友約翰當初就是為了追查這些稀世寶石的下落而命喪林中，現在終於被他找到了，他將要勝出，登上王者的寶座！太好了！太興奮了！Richard 顯然已忘我地化身為這遊戲中史密夫的角色。

好幾十顆呢，這些藍藍的亮光就那樣閃耀着，在這黑暗的夜裏顯得尤為耀眼。

但他馬上又警覺起來，因為如果是寶石，怎麼會移動的？

他立刻反應過來了。那一片藍藍的亮光並不是

什麼藍寶石，也不是什麼美麗的奇異景色，而是眼睛——

一隻一隻的眼睛，因為他感覺到這些亮光在黑暗中　　　　　移　　動！

只一會兒的功夫，這些眼睛已近在咫尺。

「快跑！」他內心發出驚恐的聲音。

這麼多眼睛，那得有多少隻啊！就是連骨頭渣都不剩，也不夠這些野獸吃的，他恐懼的想着。已來不及多想了，Richard 馬上倉皇逃跑。

可是，才走出幾步，這些眼睛已擋在他的跟前。

他這才在微弱的月色下看清楚那些東西的模樣，原來是一大群兇暴狠毒的豺狼。小時候看《三隻小豬》和《小紅帽》都已知道，這些晝伏夜出、狡猾兇狠的動物不好惹。現在卻不幸地讓他碰上了，真夠倒楣！

豺狼群向他虎視眈眈，有些還在仰天嗥叫，Richard 暗地裏捏了把汗。

機警的他馬上舉槍瞄準目標。

砰！

他槍法奇準，豺狼被打得血花四濺。這樣卻惹惱了那些畜生，激起了牠們的敵意，引來更多的同類從四面八方匯聚過來，灰壓壓的一片，數量愈來愈多。

豺狼群發出示威的咆哮聲，步步進逼，Richard 步步後退。這個時候他才發現，原來被豺狼群圍住的不止他一個，還有其他登入這遊戲的玩家，包括一個少女和兩個少年。

四個人被二十多條豺狼重重圍住。

一片可怖的吠吼。

那少女嚇得臉色慘白，提着小刀的手不停發抖。兩名少年也神色驚恐，汗流浹背，手中拿着手榴彈隨時準備攻擊。

「冷靜點！」Richard 這回下定決心，要保護這些孩子。

四人緊緊靠在一起。

「我往那邊開槍。」Richard 説：「豺狼群一定會躲開，我一説『走』你們馬上逃，知道嗎？」

兩個少年説知道。少女哭着臉忙點頭。

然後，Richard 大開殺戒，向一個方向連珠炮發，多頭豺狼被子彈擊得千瘡百孔。豺狼群一如他所料向兩邊閃躲。

「走！」

一聲令下，兩個少年早已朝缺口那裏狂奔而去。少女才走了幾步卻在地上摔了一跤，腿好像傷重得再抬不起來。轉瞬之間，一頭豺狼已張牙舞爪地飛撲過來，Richard 連發兩槍，惡狼應聲倒地。

他幾乎嚇傻，瞪圓了雙眼，卻被眼前所見而驚駭得心膽俱裂——三頭野狼正瘋狂地躍起，直向那少女撲去！

「Isabella，小心！」一名少年回頭大叫。

Richard 以自身的衝擊力將撲向少女的數頭野狼騰空撞下。受到撞擊的豺狼立刻群起攻擊翻滾於地上的 Richard。他在忙亂中丟了手槍，只好赤手空拳地與豺狼群搏鬥。他反身狠狠一抓，千鈞一髮之際抓住了那隻豺狼一條後腿，硬生生將咆哮中的野獸拖離少女，甩到一邊。

突然他感到頸肩、上臂一痛，原來已被身後的

99

幾隻豺狼抓咬到了。他痛得死去活來，在地上翻滾，從眼角瞥見到扔在地上的那把槍，連忙拾起就向四方八面瘋狂射擊。

噗！噗！噗！噗！噗！噗！噗！噗！噗！噗！噗！

「去死！去死！統統去死！」他一路扣住扳機狂叫着。

一閃一閃的火光在黑暗中亮了起來，子彈擦飛了大片的地皮，枯葉瞬間燃燒起來。

「把你們殺個清光！」

只見 Richard 在對着電腦聲嘶力竭地大叫大嚷。

Anatta 則在地上驚慌失措地亂竄，汪汪地狂吠。

Angel 這才被吵醒，從沙發中跳起來，看到 Richard 這副模樣，心裏一慌，猛力地搖他叫道：「Richard！Richard！」

但 Richard 還在瘋了似的揮動雙手，大吵大鬧，俊秀的臉龐變得極度猙獰。

「把你們殺個清光！把你們殺個清光！」

Angel 唯有拿來一盤冷水，向 Richard 潑去，這時 Richard 才逐漸恢復了一點意識，朦朧地眨着一雙充滿血絲與恐懼的眼睛。

「Richard！」Angel 激動地說：「別再這樣，別再這樣呀！你嚇死我了。」

Richard 定過神來，猶有餘悸，額上冒出豆大的汗珠來。這個遊戲愈來愈不簡單了，甚至比他想像中的要刺激要驚險要恐怖得多。玩家好像被一股無形的魔力吸住一樣，置身其中就像身歷其境，進入了一個疑幻似真的境地，經歷着一場極其可怕的夢魘。

這時，他竟還蠢蠢欲動的伸手去電腦那邊按鍵。

「你怎麼了？」Angel 驚訝地問道：「你還要繼續嗎？」

疲憊不堪的 Richard 這才一下子清醒過來，赫然發現清晨已至。

窗外，天空漸漸泛白，呈現出一片淺灰，遠方被淡淡的霧氣籠罩着，隱隱看見遠處建築的輪廓。

「沒事的，沒事的……」他口中喃喃，自我安慰地說，同時把女友擁入懷中。

只有 Angel 的體溫才讓他感覺到自己還活在人間。

13

扭曲的真實世界

警署的更衣室裏。

長椅上放着一本地理精讀天書，那是 Richard 託 Angel 從圖書館借來的。為了打敗怪獸，他倒也肯犧牲休息的時間來背誦一些地理資料，但這天實在太累，看書也是有心無力，只見他如常地換上整齊的制服，卻頻頻打着呵欠。昨晚根本沒怎麼睡過，等會兒去喝杯咖啡就是了，他對自己說。

突然，鏡子裏掠過一道黑影。

Richard 暗自心驚，轉頭一看，卻沒有發現什麼。

他把身上最後一個衣鈕扣上了，這個時候，幾道黑影分別從四面八方騰空掠過，向他撲張過來。

「唷」的一叫，他馬上叉起手擋着，卻發現原來擋着的都是空氣。

這不會是幻覺吧？但分明又不是真實的景象！

他擦了擦眼睛，只怪自己睡不好，疑神疑鬼。

他穿好制服，步出走廊，來到升降機處。可是那些黑影竟又突然出現，並且已狡猾地埋伏在樓梯後面。

他提高警惕，一步一步的走過去，隱約聽到輕微的嘶叫聲。讓他震驚的是，昨晚那個少女竟然在這裏被幾隻飢餓的豺狼爭先恐後的撕咬着。

閃着寒光的利齒，瘋狂地撕扯着那血淋淋的少女。

這個時候，一頭豺狼不知從哪裏飛撲出來，Richard 當機立斷，馬上拔出配槍對準猛獸，扣動扳機準備射擊！

千鈞一髮之際，他發現自己的手槍正瞄準着關 Sir。

關 Sir 也已拔槍對峙，額上滾下一大顆汗珠。

「你幹什麼！」關 Sir 大聲喝令。

這個時候，Richard 才突然從幻覺中清醒過來。

他自覺行為失當，當即道歉：「對不起！對不起！」同時放下手槍，高舉雙手説：「我過分投入了，以為自己在遊戲中打怪獸。」

「打機打成這個樣子？！真的假的也分不開來？你瘋了嗎？」關 Sir 責罵道。

「不好意思，我……」

「別再玩下去了，你這樣會出事的。贏不了就算了！放棄好了！」

「我現在玩下去，已經不是為了自己……」Richard 的語氣突然嚴肅起來：「愈來愈多孩子遇害了，我真的希望能破解當中的玄機，中止這場像瘟疫般可怕的災難！」

「別救不了別人卻害死了自己！」

「只要能破解這個遊戲的玄機，就能把他們救出來，就能把輝仔救出來！始終他是被我害成那樣子的。」

「綠茶蛋糕」對輝仔的事一直無法釋懷。

一想到仍在昏迷的兒子，關 Sir 的心馬上絞痛起來。

「現在只剩下一關！只要我能通過這最後一關，輝仔他們就有救了！我一定可以的，關 Sir！」

如果這鬼遊戲是個惡毒的詛咒，那麼只要有人最終能勝出，這個詛咒就能化解，這是 Richard 心裏所認為的。

相信？不相信？關 Sir 搖頭嘆息。

突然──

電話響起了，那是一個接收短訊的鈴聲提示。

關 Sir 打開收件匣，一看，臉上露出驚訝的神色。

「怎麼了？輝仔發短訊給我！」

關 Sir 把手機給 Richard 看一下，短訊上寫着：「Daddy，快救我！」

Richard 也莫名其妙。輝仔不是在醫院裏昏迷

不醒嗎？怎麼還會發出短訊？

難道兒子已經醒來給他開個玩笑？關 Sir 馬上打個電話給妻子。這時妻子正好已在醫院。

「你快來呀！快呀！」手機傳來母親的呼喊。

關 Sir 心喊不妙，隨即趕往醫院。兒子仍是毫無知覺地昏睡在牀上。

肥媽哭着把手機給丈夫看。

「輝仔向我求救呀！」

關 Sir 意料不及，原來兒子同時分別向父母發了求救短訊。

這到底是怎麼一回事？昏迷了的兒子如何利用手機向他們發短訊？

「輝仔，你怎麼了？不要嚇 Daddy 媽咪，你快醒來呀。」關 Sir 撫摸着兒子蒼白的臉龐説：「你真的還在那遊戲裏面嗎？你真的要爸爸來救你嗎？」

只見輝仔的眼珠在眼皮下來回滾動，然後，眼角慢慢地掉下一滴淚來。

父母都呆住了，兒子似乎還聽到他們說話呢。

「Daddy 你看，輝仔真的在向我們求救呢！」

「輝仔，Daddy 一定會把你救出來的！等我！撐住啊！一定要撐住呀！」

天使魔鬼的決鬥

14

　　黃昏時分，整條駱克道開始熱鬧起來，到處人影憧憧，車水馬龍。

　　街道兩旁商店林立，夜總會的燈箱閃耀着迷幻色彩，霓虹燈下的花花世界紙醉金迷。這邊，酒吧前的男女有説有笑，開懷暢飲。那邊，暗角裏的露宿者也席地而睡，自得其樂。

　　一身警察制服的 Richard 走在熙來攘往的街上。這天，他的內心浮起了莫名的不安，心跳得比平常的快，滿街的噪音突然好像變成了尖鋭的音符，直向他的耳朵裏鑽。難道這又是幻覺作怪？他警惕自己千萬不要誤事。

　　最近區內的淋漓事件接二連三的發生，他更要提高警覺。

　　他從當上警察那一天開始，就知道這個世界並不是怎麼安全的。社會上何來要有警察？那是因為是有壞人，從偷雞摸狗的小流氓，以至喪盡天良的暴徒，如果他們是社會上的魔鬼，那警察便是人間的天使。

　　Richard 一生最大的願望是當個懲惡鋤奸的警察，直到現在他的想法依然沒有改變。他正想得出神之際，眼前突然走來一個衣衫襤褸的乞丐，一臉疑惑地看着他。

　　「看什麼？走走走！」Richard 喊道。

　　「阿 Sir，你印堂發黑，雙目無神，臉色蒼白——」

　　「走！別阻差辦公！」

　　流浪漢走了幾步，卻又回頭道：「阿 Sir，小心會有血光之災呀！」

　　「神經病！胡説八道！」

　　這區內，神志失常的流浪漢愈來愈多。Richard 覺得這個世界真的變了，一個正常人，怎麼最後會變成失常？那是人的問題，還是社會的問題？如果社會是健康的，社會裏的人大概也會是健

康的，但如果社會是病態的，那麼居住其中的人就會變成變態了嗎？這個推論是否成立？Richard 也不清楚，但這一晚，空氣中好像透着一股殺氣。他看着周遭的陌生人的臉孔，覺得每個人都不懷好意。偶爾吹過的陰寒的風裏，似乎都染上了一種莫名的驚悚。

背後好像總是有人在跟着他。幾次回頭，卻又沒發現。Richard 故作輕鬆，多走了一條街，果然發現了動靜。那可疑人物把兜帽套在頭上，垂着頭，讓人看不清樣子，而且愈走愈近了。Richard 巧妙地躲進一條橫巷，那身影竟急步趨前，好像還有所動作，Richard 馬上揮動拳頭，一擊而中。

「哎唷──」

那人大叫倒地，Richard 還沒有弄清來者是誰，欲多來一拳，那人連忙叉起雙手保護自己，並大喊大叫道：

「別打呀！是我呀！」

Richard 怔了一怔，才停下來。

Justin 一邊用手摸着臉上的傷勢，一邊説話：「唔……你用不着出手這麼重吧！」

「你為什麼鬼鬼祟祟的跟着我？你已一個星期沒上班了，電話又不接，你到底怎麼了？」

「我要十萬元！」Justin 已沒有時間轉彎抹角。

「什麼？你瘋了！我哪有這麼大筆錢！」

「想辦法呀！我走投無路了。」

「Justin，收手吧！不要再賭了！」

「知道了知道了我知道了，Richard，就當我求你！就這一次！」

「對不起，Justin，我幫不到你。一來我沒這個錢，二來我已經對你徹底失望！」

「Richard，我求你！」Justin 露出一副乞求的嘴臉說：「想想辦法吧，幫我最後一次！你不幫忙我會死的！」然後匆匆把一張寫了帳號的小紙塞給 Richard，並不時警覺地四處張望。

「我的戶口，明天前，幫我想想辦法，我一定會還你的！」

Richard 這次的態度十分堅決，他咬一咬唇，

深吸一口氣説:「師兄,我再幫你就是害你,對不起,你好自為之,後會有期。」説罷轉頭就走,心卻揪着痛。

他走了幾步,轉過頭,看着自己的好友如喪家之犬般匆匆走去,最後消失在橫巷後的黑暗中。一直不想見到的事情終於發生了。這位曾經為他解決很多學業疑難的師兄,在籃球場上發號施令、驍勇善戰的隊長,到畢業以後一先一後考進警校,到現在又一起把守警署,情同手足。他為人自負,看重面子,但也仗義疏財,就是因為沾上了賭癮,泥足深陷而不能自拔,現在竟還落到這般田地,尊嚴盡喪,不似人形。

Richard 感到痛心難過。

這個時候,他身上的手機突然響起。

「關 Sir──什麼?!」Richard 的眼中掠過一絲困惑:「好,我下班後馬上過來。」

重要的新線索

夜深時分。

Richard 下班，換過便服以後匆匆趕到關 Sir 的家裏來。

照片中的輝仔笑得燦爛，他身穿球服，高舉一個獎杯，好一個陽光男孩。牆上這一幀照片旁邊，還掛滿一串串的獎牌，展示出這籃球校隊隊長過去幾年的勝利戰果。

本來雜亂無章的房間現在被打掃得整整齊齊，這是母親的心思。牀頭上還擺放了一份禮物，那是父親找人弄來最新的平板電腦。

關 Sir 一見 Richard，單刀直入就說：「幫我打開電腦，我要進去！」

「你連一點打機的經驗都沒有，你這樣進去只會白白送死，我看你連第一關也過不了！」Richard 坦白地說。

Richard 怎會不擔心？

肥媽陪伴在側，她現在哪有心情打麻將？唯有坐在老公身旁，看看有些什麼能幫上忙的。

「那是我兒子呀！他向我求救了，我可以無動於衷嗎？」關 Sir 說來激動。

「但是這⋯⋯」

「別說廢話！」父親已立下決心：「我要親自把他救出來！我要親自把我兒子救出來！」

「玩 RPG 是需要策略的，你懂嗎，關 Sir ？」Richard 不得不再坦白一點。

「RPG ？」

「Role-playing game，即是角色扮演類遊戲，要先熟悉攻略法則，否則只會白白送死！」

「那你教他呀！」肥媽插嘴道。

「是呀，你以為我叫你來幹嘛？快快快！」

父親愛兒心切，一意孤行，沒人能阻止。

Richard 最終被說服了，他馬上從網絡上下載了一本遊戲攻略，先教導上司一些入門技巧，要他記住幾項秘笈，然後讓他自行研究一番。

「記住，那裏有數不盡的怪獸，找出最強的武器，否則你會粉身碎骨！」

關 Sir 眼裏迅速掠過一點驚惶，仍勉強地說：「OK！OK！」

「還有，你需要回答很多有關雨林的問題，這個我就不能教你了，那要看你平常的功力，看你本身有多少料子。」

「雨林的問題？」

「是。都是關於樹木、關於大自然生態的問題，你懂嗎？就像以前讀高中的時候地理科的考題。」

「呃──」關 Sir 猶疑了。

「關 Sir，你還是不要冒險進去了。我對你這

個嘗試很不樂觀。」

「我一定要試的，我沒有其他辦法了！」

關 Sir 深吸一口氣，鎮定自己。

「那祝你好運。」Richard 説罷欲起身離開。

「你不多留一會兒？」肥媽問道。

關 Sir 露出求助的眼神。

「你害怕嗎？我留下來也幫不到些什麼，都是要靠你自己。」Richard 説，然後指一指電腦笑道：「説不定會在裏面碰見。」

「好吧，後會有期。」關 Sir 搖頭失笑。

肥媽把 Richard 送出大門。

關 Sir 架起老花鏡，開始閱讀遊戲攻略。肥媽拿着幾罐啤酒進來，看到攻略裏那些艱深的遊戲術語，如同火星文一樣，暗暗擔心。

花了將近一個小時，關 Sir 才算把那遊戲攻略粗略地似懂非懂地看了一遍。

最後，他終於來到一個讓他眼界大開、前所未見的虛擬世界。

　　密林內一片昏暗，陰森的角落不時傳來「咕嘟咕嘟」的不明怪聲。

　　關 Sir 幻想自己是個探險家，心想先要找來一頂帽燈以方便照明，這時，耳邊突然傳來一把合成語音：「請回答以下問題——」

現時中國最完整、最典型、面積最大的熱帶雨林生態系統位於哪裏？
A. 廣西南部　　B. 雲南西雙版納
C. 西藏南部

　　「真的是天助我也！這不正正就是我剛去過的地方嗎？這不正正就是林姑娘跟我講解過的嗎？答案當然是 B，雲南西雙版納了。」

　　一頂帽燈突然出現眼前。

　　關 Sir 像礦工那樣戴起來，燈把前方照亮了。

　　在這荒郊野外行走，是需要莫大的勇氣的，關 Sir 深一腳淺一腳地踩着地上的枯葉，在並沒有什

麼道路可言的密林中彎彎曲曲地跨越，有時甚至要跳躍，因為有的樹木攔腰折斷，橫七豎八地躺在林中。

這讓他很驚訝，怎麼身手變得如此矯健？他剛才活像世界男子跨欄冠軍劉翔一樣，毫不費力就跨越了多個欄架，當然那些不過是好幾根橫伸出來的藤蔓。他現在感覺到自己滿身能量，甚至有信心能連續奔跑數小時而不覺得疲憊呢。

他大概不知道他已繼承了他建立的那個叫史密夫的人物的屬性——他的老花不治而愈，他因為啤酒而隆起的小腹重新變回了八塊腹肌！

關 Sir 開始覺得這個玩意十分刺激，踏着大步前進。

才走了一段路，突然，遠處傳來陣陣古怪的聲音。

「吱吱吱吱咕咕咕咕」的怪叫聲愈來愈近，彷彿有一群喪屍正在快速趕過來。

「你這樣進去只會白白送死。我看你連第一關也過不了！」想到 Richard 剛才的話，關 Sir 全身發抖。

那會是什麼模樣的恐怖魔怪？

他走到一處湖邊，在樹叢後躲着，遠遠地望着這駭人的一幕。

一群驚慌失措的少年男女正拚命地往前跑，有些沿着湖邊狂奔，有些慌不擇路，一腳陷進了湖邊的泥沼裏，急切間怎樣都拔不出來，有些則向着這邊跑過來，一心要鑽入茂密的樹林以躲避襲擊。

孩子跑的速度很快，但追在他們身後密密麻麻的一大片會飛的東西速度更快！

它們是什麼怪物？看來數量起碼有上千個，一邊「吱吱咕咕」的怪叫，一邊向着孩子直飛撲過去。

關 Sir 心慌意亂，蹲在地上又摸又抓，卻發現不到任何武器。

「死定了！」

説時遲那時快，那群黑呼呼的東西已向着他這邊俯衝過來。

其中一隻更是突圍而出，直向他身邊飛來。

那是一張血盆大口，口裏長滿了鋭利可怖的細

120

密獠牙！

原來是吸血蝙蝠！

關 Sir 全身索索發抖，幸好那巨大的吸血蝙蝠從他身邊繞了一圈馬上又飛回去。大概是帽燈把它引了過來，關 Sir 及時把燈關掉。他慶幸自己避過了襲擊，但見那大片密密麻麻的吸血蝙蝠已如閃電般撲到倉皇逃命的五個少年身上。吸血蝙蝠瘋狂地吸食獵物體內的鮮血。劇痛之下，男孩拚命掙扎，上竄下跳，甚至在地上瘋狂打滾。可惜身上的吸血蝙蝠死咬不放。慢慢地，男孩的掙扎愈來愈無力，失去大量鮮血和體液後，身體一點一點地萎縮下去。

隱約傳來「Mission failed. Death!」的合成語音，連續響了五次。

關 Sir 張口結舌，這種恐怖的事情他真的從來沒有見過。讓他痛心的是，他親眼目睹幾個孩子死去，自己卻只能袖手旁觀，無能為力。

眼前的少年已被吸成了一根根乾巴巴的木柴。

這個時候，就在眼前不遠處的樹梢上，倒掛了三隻吸血蝙蝠，狠狠地盯着關 Sir 這塊它們眼中的肥肉。

關 Sir 嚇得牙關「咯吱吱」的抖，身形最龐大的那隻蝙蝠已徐徐拍動起翅膀，準備向它的獵物施襲了⋯⋯

就在這時，破空傳來一陣尖叫聲！

嘎──嘎──嘎──嘎──嘎──

關 Sir 嚇了一跳，循聲看去，發現妻子站在眼前，「哇哇」的大叫。

關 Sir 仍微微喘着氣，慶幸能從遊戲中返回人間。

「是她！是她呀！」這時肥媽激動地叫着。

「妳説什麼？」

「我想起來了，老公！我看見她，她就在遊戲裏面！」

「誰呀？」

「那個老婦，那個可怕的老婦！她就是這黑森林的守護者！」

原來，肥媽驚訝地發現，遊戲中那個提着小火

燈的黑衣老婦和他們前天長途跋涉去找的那名獨居老婦是同一個人。

「那個眼神，那些老人斑，還有她額上那道疤痕，出奇地相似！根本就是同一個人！」

丈夫細心地想了想，也認同妻子的發現。如果遊戲裏面那個黑森林的守護者真的是根據那個古怪的老婦人來設計的話，那這事情又有了新的線索了。

「她怎麼會在遊戲裏面？」關 Sir 十分疑惑。

「她一定是個女巫！一定是個無惡不作、心狠手辣的女巫婆！她肯定在網絡裏下了降頭去遺害人間！我們的兒子就是中了她的毒咒！」

肥媽愈說愈激動，愈想愈害怕。

「都說最毒莫過婦人心！老公，現在怎麼辦？她是個女巫呀！她怎麼要害我們輝仔？她究竟是為了什麼？」

「事有蹺蹊，那老婦一定知道些不可告人的秘密。」關 Sir 也認為整件事情變得愈來愈撲朔迷離了。

「現在怎麼辦？」肥媽追問。

關 Sir 沉默無話。

他們看不見，就在他們身後的窗角處，不知何時飛來了一隻蝙蝠，只見她安穩地倒掛窗邊，兩隻長長的獠牙翻出嘴外，猙獰無比，一雙眼睛緊緊的盯着室內的一切。

16

愈來愈接近真相

山很大，覆蓋着厚厚的植被。

水氣被太陽烘烤成霧，在綠樹叢中繚繞。

偏僻而深幽的半山腰處，隱約又見到那棟恐怖的古老大屋。

直升機在原始森林的一小塊空地緩緩下降，輝仔的父母事隔三天又重臨舊地。

兒子的心跳慢下來了，脈搏也愈來愈微弱，關 Sir 和肥媽不能再等了，他們決定再訪老婦。這次他們一抵達昆明機場就立刻轉坐直升機，分秒必爭，抱着尋根究底的心情再來一趟，誓要找出事情的真相！

說不定這次會有重大發現，說不定事情會出現轉機，那麼輝仔就有救了！

他們連厚厚的一疊鈔票也準備好，只要那巫婆肯為輝仔解咒，他們再多的金錢也願意付出。

「哼！那巫婆無非是為了錢！」

肥媽邊罵邊向那古老大屋走去。

「讓老娘我把她罵個狗血淋頭！」母親變得很勇敢。

她正要狠狠地敲那道貼着「仁者樂山，智者樂水」兩幅對聯的大門，這個時候大門竟緩緩地自動打開，發出「咿咿呀呀」的摩擦聲。

肥媽心裏為之一寒。

丈夫上前握着妻子的手，夫婦手握手，心連心地走進屋內。

只見室內空無一人，昏暗一片。

肥媽再次鼓起勇氣，向空氣大喊：「你這個可惡的老巫婆，快給我滾出來！」

突然，身後有人按了她的肩膀一下。

「啊──」

肥媽嚇了一驚，轉過頭來，原來老婦已站在他們身後，仍是那副癡癡呆呆的樣子。

肥媽發火了！

「妳到底是什麼人？為什麼要害人？妳施了什麼毒咒？為什麼要害我輝仔？」肥媽一口咬定她就是那種只在神話中出現的、懂魔法的惡毒巫婆。

老婦毫無表情。

「求財吧？拿去！」肥媽隨手揚起一大疊鈔票，向老婦擲去，並怒叫：「把我兒子還給我！」

鈔票在空氣中散落，老婦沒有伸手去抓，這個時候──

她褐色的臉容突然扭曲起來，眼神既怨且恨，沒帶半點血色的雙唇抖着。

「把我兒子還給我！把我兒子還給我！把我兒子還給我！」老婦歇斯底里的叫着。

肥媽嚇得往後退了幾步。

與此同時，關 Sir 已打開了手提電腦並進入了《綠色地獄》的網頁。

「老太太，這個人是妳嗎？」他把電腦端到老婦面前就問，同時指着畫面裏那個黑森林的守護者。

漆黑一團的電腦畫面，徐徐飄出了一個面目模糊的幽靈，像無主孤魂般在空氣中飄蕩，飄呀飄。不一會兒消失了，以為他不見了，卻又突然撲出來，瘋狂地咆哮着，猙獰的面目佔據了整個畫面，眼睛更溢出鮮血來。

老婦凝望着電腦，面容微微扭曲，表情痛苦，口裏喃喃吐出一個名字。

「小翔……」

夫婦互望了一下，心想這趟沒有白來了。

「我的好兒子，你在裏面？你回來呀！你快回來呀！」老婦似乎回想起些什麼似的，眼神竟霎時回復了一點神采，神智也逐漸恢復過來。

關 Sir 指着電腦那個飄浮着的幽靈，驚訝地問：

「他是妳兒子？」

老婦呆呆的看着電腦畫面。

「小翔是妳兒子？」關 Sir 再問。

老婦望一望眼前這兩名不速之客，搖頭感嘆道：「小翔是個苦命的孩子，天生殘缺，少了半條腿，一出生就被遺棄了。」

事不宜遲，這是個千載難逢的機會，關 Sir 必須趁機行事：「小翔一直跟妳住在一起的嗎？」

「他可是我的心肝寶貝，從來我都把他當作親兒子，我比誰都要疼他。」腦海裏似乎湧出甜蜜往事，老婦喜孜孜地笑了，臉容變得和善起來。她邊說邊起身，緩緩地走到牆邊的大櫃前，從抽屜中找到了一本厚厚的相簿抱着回來，然後笑着說：「小翔這孩子好乖的。你們看——」

老婦把相簿翻開，裏面放滿了褪了色的小孩照片，肥媽指着一張照片說：「這就是小翔？」

「還有誰？那時候還不滿一歲，多可愛。」老婦微笑道，然後指着一張一張的照片，如數家珍地說個不停：「這是他第一天上幼兒園，這是他演話劇扮小兔，這是他三年級拿到了數學獎，這是畢業

129

禮⋯⋯」看着這些照片，老婦的眼睛閃耀着喜悦的光芒。

關 Sir 和肥媽端詳起這些舊照片，小翔躺睡在搖籃裏的照片，坐着輪椅追小雞的照片，撐着拐杖踢球的照片，抱着阿母撒嬌的照片，一張一張的生活照，一天一天的成長印記。

「看這個——」老婦翻開一頁，指着一幅照片微笑説：「小翔第一次戴上義肢，你看他多開心！跟平常人一樣的站起來了！」

關 Sir 抓緊機會，指着電腦繼續追問：「那麼，這遊戲是——小翔設計出來的嗎？」

老婦點點頭。

「這個是什麼遊戲妳知道嗎？」

「唉，我這兒子心地好，人善良，不過老是被人家欺負，那些孩子常常拿他開玩笑。」老婦長長地嘆了一聲，又説：「他也不會很主動交朋友，愈來愈孤僻，不過讀書很用功，整天躲在房間裏看書。勤有功呀，他當上了學校的尖子，最後一連幾跳竟然讓他考上了大學，老師都説他是個電腦天才。大學畢業以後還拿到了獎學金去香港留學⋯⋯」

「他來過香港？！」肥媽暗自心驚。

説起往事，老婦開懷一笑，夫婦才發現她上顎的兩隻門牙早已脱落。

「我多高興，一心等他回來光宗耀祖……」老婦續説：「可是他回國以後卻變成了另外一個人，完全是另外一個人！這孩子，我還以為他眼界開了，回來會創一番事業，誰不知他連工作也不願做，説什麼地球快要滅亡了，説什麼文明只會摧毀一切，説什麼人類要從文明的幻覺中清醒過來！這孩子到底在想些什麼？最後還老遠從昆明那邊搬到這裏來，這樣的窮鄉僻壤，還説什麼這裏才是他的烏托邦，才是他完美理想的世界。」

關 Sir 夫婦細心地聽着。他們不敢插進半句説話，以免讓老婦分神。就讓她這樣滔滔不絕的説下去吧，她説多少，他們就聽多少，説不定在她的隻言片語中可以找到破案救人的線索。

「他説只要一見到那些機器砍倒樹木，他就想發瘋！説這裏才是最後的人間淨土！他每天把自己關起來，我問：『小翔，你在幹嘛？』他説他在設計電腦遊戲，我問這是個什麼遊戲呀，他就是不理我，罵我懂些什麼？哎呀，我真的管不了他呀。」

「他應該是個極端的環保主義者。」關 Sir 心

裏作出分析，但還是想不通他與那個死亡遊戲的關係。現在他最想要知道的，就是這個叫小翔的瘋子究竟是如何死去？他的靈魂又怎會跑到那個死亡網絡遊戲裏面？

老婦仍是口中喃喃，自說自話：「我當然不懂了，我怎麼會懂電腦？小翔，你吃了沒？小翔？有人來找你呀。」

這時，老婦顫顫巍巍的起身，走到大門前。

「誰呀？」老婦向門外問道。

「開門！我們是公安！」門外傳來呼喝的聲音。

「阿母，不要開門！」郭翔匆忙地從房間跑出來，大聲呼喊。

「小翔？怎麼公安都來了？究竟發生了什麼事？」老婦深感奇怪。

「阿母，別開門！別開門呀！」郭翔神情慌張，隨即又跑回房間裏去。

「嘭隆」一聲巨響，一大隊公安民警已破門而入，推開老婦。那名隊長掃視了一下環境，就示意

一眾手下直向郭翔的房間衝去。

室內，只見郭翔拚命地把電腦裏的一些資料刪除。

「別動，你被捕了！」那名隊長大喝一聲，躲開了砸向自己的椅子，橫身在前，堵住了想要衝出房間的郭翔。郭翔倒退幾步，並摸出一把匕首，瘋狂揮舞着，嘴裏還大聲叫囂着：「誰敢過來，我就捅死誰！」

躲在門後的老婦看見此情此景，驚叫起來。驚叫聲分散了郭翔的注意力，公安民警趁其不備，將郭翔手中的匕首踢飛，其他民警乘機一擁而上，迅速將郭翔按倒地上。

郭翔拚死掙扎：「放開我！放開我！」

那名隊長一腳踢在他腰眼上。混亂中郭翔的一條義肢不知何故飛脫下來，隨即他被鎖上手銬，脖子給套上一根繩子，兩個粗壯的民警架起他的胳膊就走。

「放開我！放開我！」郭翔還在掙扎大叫，一拐一拐的被拖走，脫掉了義肢的褲管在空氣中甩動。

「我問發生了什麼事？到底發生了什麼事？你們幹嘛要把我小翔抓走？！」這時，老婦的眼神又開始閃爍着不安：「他們說我兒子殺了人，他們說小翔殺了人呀！我追出去抱着我兒子，他不斷大叫，阿母我沒錯！我沒錯！」

那名隊長把小翔脖子後面的繩頭使勁一勒，他就叫不出來了，梗着脖子臉憋得通紅。架到車上後還晃着身子拚死掙扎。那名隊長爬上車，咬着牙根說：「馬上就要叫你進閻王殿了，你還不認罪？」抓住他的右胳膊往上使勁一擰，小翔慘叫了一聲，右胳膊脫臼了。

「我兒子怎麼會殺人？你們是搞錯了吧！你們是搞錯了吧！」老婦哀哀央求着。

關 Sir 夫婦愈聽愈好奇。

「他就那樣一去不返了。」老婦沉默下來，然後又說：「人家說我兒子死了，我就是不相信，我兒子這麼乖，怎麼會半句話都沒留就走，怎麼會把我丟下不顧？不會的！他一定會回來的！我要等他回來！我足足等了七七四十九天，最後，小翔回來了，小翔真的回來了！」

關 Sir 和肥媽聽在耳中，抖在心裏。

「我問小翔你往哪裏去了？阿母好擔心你啊。他說他回來要先把遊戲設計好。這是他的心血，不完成的話他不甘心。我問他：『這究竟是什麼遊戲呀？』」

「阿母，這是個拯救世界的遊戲。」郭翔答道。

「呵呵，拯救世界的遊戲？」老婦笑問。

「是呀，我就是救世主。」

「唉唷，小翔，你真是的，你不是讀書讀傻了腦袋嗎？怎麼會說自己是個救世主呢？你要救誰？」

「人類！愚蠢的人類！」

「唉，我真的拿這兒子沒法子，他究竟在想些什麼？我老是擔心，我叫他去看醫生他就罵我，往後的七天七夜他不再說話了，把自己關起來對着電腦不眠不休，飯不吃水不喝，連覺也不睡。」

「老公，一個人可以七天七夜不吃不喝嗎？」肥媽嚇得直打哆嗦，她輕聲地問丈夫。關 Sir 按着她示意她先別作聲，讓老婦說下去。

「唉！」老婦嘆了一聲：「這孩子就是那麼硬

性子，你説什麼他都聽不進耳。七天過去了他才説話：『阿母，這遊戲我做好了。』我問這是個什麼遊戲讓他花那麼多心機，他説這遊戲會幫他完成他還沒有完成的心願！我問孩子那是啥心願，他呵呵地笑了，笑得好淒涼，好苦呀，然後他哭了，哭了好久，抬起頭，瞪着血紅的雙眼跟我説『阿母，再見』，忽然，他變了一縷白煙，飄呀飄呀，就這樣飄到電腦裏邊去了！」

夫婦都嚇了一驚，肥媽把身子靠過去關 Sir 那邊。

突然，老婦慌張起來：「我擦擦眼睛，我在做夢嗎？剛才發生了什麼事情？我兒子呢？小翔怎麼回來了七天又不見了？我四處找，可他真的不見了！他又走了！小翔？你在哪裏？別丟下阿母不顧呀？阿母一個人好慘的，小翔？小翔！」

老婦激動地大叫起來。

夫婦想不到事情會變得如此鬼魅。

這時，老婦用一根顫抖的指頭指着他們身後的一個角落，癡癡呆呆，喃喃地説：「小翔？是你嗎？你回來了？你回來了？」

夫婦轉頭看，半個人影都沒有，但已被老婦此

等怪異的舉動嚇得屁滾尿流。

但不知是否心理作用，肥媽說她見到一縷輕煙飄在空氣中。

這真叫人毛管直豎！

喵！突然撲出一隻黑貓來！

嚇得肥媽直彈跳起來，「哇」的大叫了一聲。

「走吧！走吧！」肥媽拉了丈夫一把。

這個時候，老婦那褐色的臉容又突然扭曲起來，歇斯底里的叫着：「把我兒子還給我！把我兒子還給我！把我兒子還給我！」

眼神又怨又恨，沒帶半點血色的雙唇抖着，然後她向着關 Sir 帶來的手提電腦衝過去。

肥媽跳起來向丈夫大喊：「走呀！這是鬼屋呀！」

關 Sir 一手拿起電腦，便與肥媽跌跌撞撞的跑了出去。

老婦倒在地上，眉端滲出了一道血痕。她已忘

記了，額頭上那道長長的疤痕，正正就是當時她朝孫子的靈魂追撲過去而狠狠撞傷的，情況就跟剛才一樣。

此行總算沒有白費，關 Sir 與肥媽已查出那死亡遊戲的幕後主腦，一個叫小翔但已死去的男子。

事情終於有點眉目。

高空俯瞰，一片鬱鬱蔥蔥的密林，一幅生機盈然的景象。這就是嚮導姑娘所說的全國只剩下百分之二的未開發原始森林的一小部分。

閃亮的光束從烏雲中鑽下來。

直升機在空中飛行。

為了蒐集更多資料、掌握更充實的證據，關 Sir 連林姑娘也不放過。她是當地居民，該會略知一二。

「小翔姓什麼的呢？」關 Sir 追問眼前這位植物生態學博士研究生。

「姓郭，叫郭翔。」林姑娘答道。

「他是那老婦的兒子？」關 Sir 提高了聲量。

138

「不是！」林姑娘也喊着回應道：「他是那老婆婆在垃圾堆裏撿回來的。」

「他是殘疾的嗎？」

「嗯。要不是老婆婆收養了他，他肯定會很慘的。」

直升機內的噪音頗大，兩人必須尖着嗓子説話。

「他還在嗎？」關 Sir 要確認他是生是死。

「死了。」

這與老婦説兒子被公安抓走後一去不返的説法吻合。關 Sir 繼續追問：「什麼原因呢？」

「他參與恐怖組織活動，被判處死刑。」林姑娘答道。

「什麼恐怖組織活動？」

「一個叫『希爾維西特』的國外組織。」

「希爾維西特？」

「嗯。總部在瑞士，是歐洲新興起的生態恐怖行動組織，世界各地都有分支，他們既不是為了宗教也不是為了政治，而是為了地球的狀況。他們崇尚自然，反對一切文明建設，以最激進最極端的方式來進行抗爭，向文明宣戰。」

「聽也沒聽說過呢，難道他們的組織已經滲透進香港裏？」肥媽插了句話。

「我以前也沒聽說過。」林姑娘說：「那恐怖襲擊事件發生以後，教授叫我們做個專題報告，同時把這納入教學內容裏。」

「郭翔殺了什麼人？」

「他聯同國外組織，在昆明發動了生態恐怖主義襲擊，企圖炸毀還未完工、價值幾億元的納米技術設備工場，雖然沒有成功，但炸死了十幾個無辜的工人。」

「所以他被抓了？」

「槍斃了。」林姑娘點頭。

現在，事情的真相愈來愈近了。夫婦此行掌握了非常重要的訊息，事情雖未至於真相大白，但已能整理出清晰的脈絡來。

關 Sir 反覆推敲，綜合了老婦與嚮導所説的內容，最後得出以下結論：

郭翔是個電腦天才，也是個留港回國的大好青年，在香港期間不知什麼緣故參加了一個名為「希爾維西特」的生態恐怖行動組織，成為了一名走向極端的環保主義分子。他不滿人類文明對大自然肆虐無度的破壞，造成嚴重的生態災難，所以透過極端激進的恐怖手段來進行抗爭。在一次襲擊行動中被捕，判了死刑，但他怨恨極深，死不瞑目，冤魂不散，化成厲鬼附在自己設計的名叫《綠色地獄》的電腦遊戲裏，藉此透過四通八達的網絡以向人類報復，完成他未遂的心願。

哇噢！多麼合情合理的分析，多麼精密細緻的偵探頭腦！真是個才智過人、不可多得的警官呢！

關 Sir 有點自鳴得意，説起來沒完沒了，誰不知原來旁邊的妻子已呼呼入睡。

奔波勞累了好幾天，肥媽已疲憊不堪。

「女士們、先生們，航機即將降落香港國際機場，請扣緊您的安全帶。」

機艙內傳來廣播聲。

但還有一個懸而未決的問題，也是最重要的問題，關 Sir 仍在苦苦思考。

　　究竟如何破解《綠色地獄》的密碼，把輝仔等人救出來？

　　直到飛機抵達赤鱲角，關 Sir 仍是百思不得其解。

　　夫婦甫下飛機，馬上接到 Angel 的緊急求救電話。

　　兩人匆匆趕到醫院去。

束手無策的局面

17

深切治療部的病房外站滿了親友，非常擁擠。

有人黯然神傷，有人呆坐一角，有人交頭接耳，有人合十禱告，有人長嗟短嘆，有人抱頭痛哭。

這是關 Sir 夫婦趕來醫院時所看見的情景。

人群中他們發現了 Angel。

她一見關 Sir，眼淚馬上奪眶而出。

「太可怕了！實在太可怕了！嗚⋯⋯嗚⋯⋯」

「怎麼 Richard 也出事了？」

「要是我阻止他那就沒事了。但我擋不住他，

143

他完全失去了理智！」

病房裏的情景更讓人難以置信，整個房間都躺滿了孩子，全部人一動不動，都要依靠呼吸機勉強維持生命。聽說隔壁幾個病房都是一樣。女病房那邊才稍微好一點，這是因為登入那死亡遊戲的女玩家相對少很多。

關 Sir 看看仍處於深度昏迷的兒子，又看看不省人事的 Richard，一手緊握成拳，憤怒地向牆上一捶重擊過去。

「可惡！」

一聲怒哮，把所有人的視線都吸引過來了，除了那些毫無知覺的孩子。

門口的護士探頭進來，「噓」了一聲，稍微止住了關 Sir 的怒意。

關 Sir 跟 Angel 說了過去一天在雲南所發生的奇怪事情，也告訴了她自己剛才在飛機上所作出的結論。

最後，他認為，為了拯救輝仔和 Richard，辦法只有一個。

「那是什麼？」妻子與 Angel 同時發問。

「與當事人進行談判。」

「談判？」

「對。一是請求他大發慈悲，不再作惡，把所有困在裏面的人釋放出來，一是與他決一生死，務必把他打敗，輝仔他們才能獲救！」

「怎樣談判呢？」

「我必須再進去，把郭翔揪出來對質。」

這是唯一的方法！

肥媽卻憂心不已。

「老公，我已經失去一個兒子，你要我再多失去一個親人嗎？」

母親不能承受雙重打擊，她眼眶一紅，就説：「我跟你一起進去，我們一家人同生共死！」

「別説這種傻話！」

關 Sir 心裏也矛盾。這是個痛苦的決定。進去，

他可能永遠出不來，妻子便頓失所依，變得孤苦伶仃；不進去，兒子則永遠救不出來，甚至會死去。

做，還是不做，這真是個大問題！

魚與熊掌，到底怎樣抉擇？

夫婦再看看沉睡的兒子，心情異常複雜難過。

這個時候，他們的手機幾乎同時響起。

「Daddy，媽咪，救我出去！」

原來兒子再次發出求救訊號！

肥媽看着短訊哭了。

幾乎同一時間，Angel 也收到 Richard 的求救短訊。

「Angel，救我！」

病房裏的其他人陸續也收到了相同的訊息。

沒有科學解釋，但這裏所有人都堅信他們的親人還活着，只是那出了竅的靈魂，被困在一個無名的空間。

他們必須設法營救他們。

「肥媽，讓我進去吧。」關 Sir 咬一咬唇，對妻子說：「解鈴還需繫鈴人！這是最後一線生機！」

母親含淚點頭：「你一定要回來，帶輝仔一起回來。」

「嗯！」關 Sir 堅定地點頭。

「關 Sir，我跟你一起進去，我要去救 Richard！」

Angel 的要求馬上被關 Sir 阻止。

「不用！你們聽住，這不是鬧着玩的，現在救人的關鍵是留力，不能作無謂的犧牲，假使我真的走不出來，你們再想辦法！」

關 Sir 深吸一口氣，語氣堅定地說：「我一定會把輝仔、Richard 和所有的孩子救回來！一定會！」

只見他臉色鐵青，鼻孔放大，那是一種視死如歸的神情。

假象中追尋真相

18

「咕嚕咕嚕咕嚕」，又一瓶啤酒被喝光了。

書桌上早已橫放了幾個空瓶子。

臉上通紅一片，眼神有點飄忽不定，關 Sir 在這個狀態下登入了《綠色地獄》的網站。

肥媽終被說服，緊守在外隨時作出支援，連這晚的《宮心計》大結局也無心觀看。這一刻她心裏知道，沒什麼比得上親情之可貴。Angel 抱着 Anatta 而來，手裏握着脖子上那十字架吊墜，祈求上天保祐 Richard 吉人天相。

死亡遊戲一再展開。

冷冷月色下的黑森林，顯得格外陰沉恐怖。

悲憤掩蓋了恐懼，關 Sir 大步向着森林的深處進發。

「記住，那裏有數不盡的怪獸，找出最強的武器，否則你會粉身碎骨！」

他想起了 Richard 曾對他的叮嚀，心裏想着要一把手槍，以作自衛。突然，出現了一把合成語音：

「請回答以下問題——」

> 樹木除了能釋放出氧氣以外，也能釋放出一種叫芬多精的物質，這芳香物質有何作用？
> A. 滋養泥土　　B. 殺死細菌
> C. 為昆蟲提供營養

這問題真棘手，三個答案看來都有可能，那怎麼辦？關 Sir 一時拿不定主意，樹木會釋放出這麼一種芳香物質嗎？從來沒有聽說過。他只記得有一次和肥媽逛商場的時候，一個販賣香精油的店員跟他們推薦過一種香薰油，說是從某種大樹提煉出來的精油，有消毒作用，對於人體來說，那精油有消除疲勞和安定情緒的功能。關 Sir 想到，如果這種精油和這問題中提到的物質是同一類東西，那麼答案就可能是 B，即是有殺死細菌的作用。無論如何，

反正都是瞎猜，這個機率似乎高一些，就這樣決定吧。

「對。請拿下武器。」

唷！關 Sir 喜出望外。這一回，他狠狠地從空氣中抓來一把手槍，還裝模作樣地向天空「嘭！嘭！嘭！」的叫了幾聲。

「放馬過來吧，把你們統統炸至粉身碎骨！」

他幻想着自己在森林內如何衝鋒陷陣，威風凜凜。

「喔——呃——」那是喝下的酒在胃裏作怪的聲音。

當差這麼多年，他僥倖從未真正的對匪徒開過槍，儘管是個賊子，始終也是一條生命呀！現在一把年紀了，這手槍才大派用場，卻是在這麼一個虛擬的網絡空間裏，真是個諷刺！

一隻身形巨大的獅子在密林的掩護下，逐漸潛近獵物。

關 Sir 竟沒有意識到危險已經降臨。

飢餓的巨獅霎眼已從樹影中縱身飛撲而至，幸好關 Sir 剛好蹲下繫鞋帶才避過一劫，但卻已嚇得屎尿直流，抖震的手不知什麼時候胡亂地開了一槍。

「砰」的一聲，沒有擊中目標，但手忙腳亂中連槍也掉到地上去了。

喃嘸阿彌陀佛喃嘸阿彌陀佛，他口中唸唸有詞。

獅子咆哮了一聲，又在那邊張牙舞爪作勢再次準備攻擊。

關 Sir 驚魂未定，竟從眼角瞥到樹梢上掛了一襲斗篷。那是在什麼地方見到過的東西？呀，是的，那是他幾年前陪輝仔去看電影時見過的，那是哈利‧波特拿來幹一些從霍格華茲魔法學校偷跑出來之類的事情用上的一件法寶。

只要披上這件斗篷，誰都看不見你！

他心裏這樣認為——如果那真是一件名符其實的隱形斗篷的話。但如果這是一件普通的單薄的外衣呢？嘿，來不及思考了，他準備拿下斗篷的時候，那把熟悉的合成語音一再響起：

樹林地面的落葉有何作用？
A. 讓土壤可以維持穩定的溫度和濕度
B. 讓小昆蟲可以有地方躲藏
C. 落葉分解成碎屑可以作為小昆蟲的食物

怎麼又是這樣模棱兩可的選擇？三個答案都有可能吧！起碼直覺是這樣認為。答錯了會怎樣？頂多重頭來過，也不要死在這獅子的口裏。好了，A、B、C 都對，這樣蒙混以下看看能否過關？

「正確。請拿下武器。」

唔！呵呵！關 Sir 馬上拿下斗篷披上。

這個時候，獅子繞了一大圈，嗅了嗅，又走回來。

關 Sir 以斗篷防身，蹲了下來，這讓他感覺安全一些。

求神拜佛也不要讓牠嗅到我呀！

兇猛的獅子竟在他的面前停下，並坐了下來，神態輕鬆地抖着尾巴。

關 Sir 慌得要命，渾身發抖。

他和巨獅之間的距離才不到半公尺！

他很清楚的看見那獅子不斷抽動着牠濕潤的鼻頭，似乎在努力分辨着飄散在空氣中的種種氣味。關 Sir 用手緊緊捏着鼻子，深怕輕微的呼吸也會讓獅子聽到。

獅子又伸一伸前爪往空氣裏抓，原來那邊飛來了幾隻蝴蝶。

然後，牠又露出了尖銳的犬齒，仰天發出一聲嘶吼。

牠顯然動怒了！

這太可怕了！

「我不要死在這些鋒利的牙齒下！」關 Sir 從心裏害怕出來。

事實上他一點退路都沒有，現在只好聽天由命了。

那森林之王又站起來了，在他身邊繞了一圈，忽然——

153

牠竟然提起後腳，撒了一泡尿！

「噢！」關 Sir 感到褲管濕了，但仍是一動不動。他只聽到自己的心「砰砰」的跳。

巨獅這才施施然的離去。

唭喔！呵呵！獅子沒有發現他！獅子真的沒有發現他！

關 Sir 撲哧笑了幾聲。

這斗篷多神奇！

經歷由死亡界線邊緣走回來的僥倖之後，他長長地吁了一口氣。看來，沿途的凶險隨時都會發生，幸好他現在擁有一件隱形斗篷。

就這樣，關 Sir 繼續穿行在熱帶叢林中，避開了很多林間猛獸，連闖好幾關，經驗值直線上升至 132630，最後在一塊稍為空曠的平地上找到了 Richard。

「Richard ！」關 Sir 喜出望外。

可這時的 Richard 卻儼如行屍走肉，神智迷糊。

他口中喃喃：「還有一關！還有一關我就會勝出，我就是王者了！」

關 Sir 連忙走近，一手抓着 Richard 便說：「唉，我早就叫過你別玩下去！看你現在這個樣子！ Richard，快醒來！」

Richard 毫無反應。

「喂！你醒醒吧！」話音未落，一記耳光重重地扇在他臉上。Richard 被打的蹬蹬倒退了好幾步，一時間反應不及，臉龐一點點的由白變紅。這突如其來的一巴掌把他徹底打醒了。他也不敢抬手去碰臉，強烈的疼痛讓他的眼淚也差點掉下。

這時他才如夢初醒地望着身邊一切。

時至夜深，病房內沒有半點人聲。Richard 醒來了！他真的醒過來了，可是瞬間他又模模糊糊地合上眼睛，返回那個比現實更顯真實的虛擬世界。

他再次張開眼睛，直愣愣看着關 Sir。關 Sir 也氣呼呼地看着他。

「快說，輝仔在哪裏？有沒有見過他？」父親急切地追問兒子下落。

155

Richard 抖擻一下精神，想了想，指向一個方向説：「那邊！輝仔在那邊！走！」

兩人急忙向着一個方向跑去，跑了十多分鐘，終於來到輝仔最後出事的地方。父親四處找，呼喚兒子的名字，找了半天最終在一個地洞中找到了。

父子相見，驚喜萬分。

「Daddy！」輝仔雙眼通紅地説：「我等你好久了！」

父親再見兒子也十分激動：「輝仔！我以為你被黑熊咬死了！」

「沒有！」輝仔也激動起來：「我本來以為自己死定了，就在千鈞一髮之際，那黑熊的身後撲出了一頭華南虎。兩頭野獸打鬥起來，我就趁機逃生。我是大難不死了！」原來螳螂捕蟬，黃雀在後。

「那必有後福了！」

這時，Richard 才走前幾步，他對輝仔仍心存歉意，便正式道歉：「輝仔，對不起！」

「哼，我本來不會饒恕你的！」輝仔眼神含怨，卻又馬上釋然：「不過你救了我三個同學，那

就打成平手吧！」

「哦？」

「Gary！小豬！Isabella！」這個時候，輝仔朝地洞那邊呼喊了幾個名字，樹洞竟又爬出兩個少年和一個少女，他們竟然就是曾與 Richard 一起對付豺狼的那幾個孩子。

「綠茶蛋糕，謝謝你救了我們。」三人同時說。

原來，他們都是輝仔的同學，也是這遊戲的玩家，各自抱着不同目的進入這遊戲，最後卻都回不去了。

「妳……」Richard 指着弱質纖纖的長髮姑娘 Isabella 說：「手無縛雞之力進來幹什麼？」

「她老是要跟着來！」臉蛋圓嘟嘟的小豬忍不住插嘴說道。

「人家是冒着生命危險來救人的！」Gary 捅了輝仔一下。

輝仔靦腆地向 Isabella 點頭一笑。

「你們說什麼？朋友嘛，互相幫忙是很普通的

一件事情。」Isabella 羞怯地説。

關 Sir 和 Richard 搖頭失笑。

「想不到那地洞真大，竟能容得下幾個孩子。」Richard 走了過去，好奇地探頭往洞裏看。

那何止四人？地洞中陸陸續續又跳出五六個孩子。

原來那黑乎乎的地洞周圍，全被一層層的藤蔓包圍着。那是個什麼地洞？這是一棵直徑足足有五米的巨樹，洞口就開在這樹的根部，因為密林裏太暗，再加上四周的那些藤蔓，才不容易被發現。

這可是個天然的防空洞，正好為孩子提供了理想的藏身之所。

困在樹洞裏這麼久，幾個孩子的友誼突飛猛進。在校園裏爭吵打架無日無之，來到這裏他們卻互相扶持，各自從腦海中搜刮出有關如何在惡劣環境下脱離險境的零碎知識，遠如小時候看過的漫畫版《魯賓遜漂流記》，近如剛剛在電視上播放的真人秀節目《生還者》或《荒野求生》等，只要是能記起的，都一一派上用場。

大伙兒必先要解決的，就是如何填飽肚子的問

題。沿繩滑落深谷捕捉野兔、徒手攀爬峭壁偷取鳥蛋等的難度太高了，但連「鑽木取火」這四個經常聽到的大字，原來真的要動起手來，卻是一點也不簡單。就算讓他們捕捉到兔子或野豬，難道要像古人一樣茹毛飲血？

輝仔從報紙上還看過有人在樹林裏迷失以後靠吃蝴蝶和蒼蠅來維持生命的奇聞，這種求生之法平時真的想也不敢想，但是當人被迫到絕境，饑寒交迫，你也許會不顧一切。Isabella 一聽要吃昆蟲來充饑就幾乎昏倒，她難以想像一隻蒼蠅如何在自己的肚子裏逐漸消化的駭人過程。

無論如何，在這麼一個與世隔絕的虛擬世界裏，當這些孩子失去了現代生活的便利，人與人之間的互動便積極起來，最後，各人分工合作，Isabella 負責看顧受傷的，輝仔與 Gary 負責找吃的，現實生活中常遭 Gary 欺負的小豬原來是個烹飪高手，一連幾天為大家燒烤出美味的魚鮮和兔肉，幾個男孩又輪流把守樹洞以確保安全。

黑夜的森林異常恐怖，但最弔詭的是，在這裏，漫長的黑夜從來沒有完結，黎明從來沒有出現。大家都預料死期將至，格外珍惜分秒，雖然心裏極度害怕，但卻發揮出生命的耐力。他們學會了，當你孤立無援之時，如何保持心理健康，在克服無數天然屏障的同時，戰勝自己內心的無奈、無助、渴

望放棄的意識，那是何等重要之事。只要活着，便有希望。一連幾個促膝談心的夜裏，彼此互訴心聲，共談理想。

「當生命快要結束，你就會想到要緊緊地抓住它。」輝仔有感而發地説。

「是呀，生命沒 take two，我們都説好了，只要能有命回去，我們一定會珍惜眼前，珍惜所有。」Isabella 補充説道。

幾個好友會心微笑，友情洋溢。

關 Sir 看到孩子一下子長大了，心裏感到欣慰。

兒子轉對父親説：「Daddy，對不起，我沒有好好聽話，讓你和媽咪擔心。」

父親禁不住給兒子來一個擁抱，一切盡在不言中。這是他自輝仔上高小以後就從來沒有做過的一件事情，換上平常的日子，擁抱會讓人覺得很尷尬，但是在這陌生的異地，這一刻的溫情擁抱，人與人之間那微妙的感情不知不覺在悄悄傳達。

虛擬世界，真實的愛，邪惡的黑森林裏充滿着人間真情。

事不宜遲了，關 Sir 倚老賣老，發號司令：「我們馬上走！我們一起回家！」

「Yeah！我們一起回家！我們一起回家！」

眾人舉手大喊，士氣如虹。

Richard 忽覺奇怪，向關 Sir 探問：「關 Sir，你這網絡初哥怎麼可以排除萬難、連闖十關、安然無恙的進來這裏？」

關 Sir 聽了吃吃地笑着。兒子也疑惑起來：「Daddy，想不到你這電腦白……」

「哼，誰還敢說我是電腦白癡？你們這些年青的也鬥不過我了！我的經驗值達到了 132607，呵呵！」

「Uncle 好棒啊！」Isabella 驚嘆。

「說呀 Uncle，你有什麼攻略秘訣？」小豬問。

「呵呵！」關 Sir 沾沾自喜，隨手揚出他那個秘密武器便說道：「哈利‧波特不也是用這件法寶來逃跑的嗎？呵呵！」

「隱形斗篷？」眾人無不驚訝。

「時間無多了，我們得馬上出發。」關 Sir 續
說：「這隱形斗篷是個護身符，你們也找找看，
有了它就好辦事！快！說不定它能讓我們打敗路西
弗！」

大家都沒把握，現在他們加起來有十幾個人
了，這裏會有那麼多隱形斗篷供應給他們嗎？但大
家還是滿懷希望地從地上的枯葉堆裏亂抓亂挖，這
時，一把合成語音問道：

> 原始森林的頭號殺手是什麼？
> A. 山火　　B. 洪水　　C. 業性森林砍伐

大家的答案是出奇地一致：C！

問題答對了，最後果然真的讓他們每人摸出一
襲隱形斗篷來！

太好了！太幸運了！

「天助我也！」關 Sir 興奮大叫。

好的開始是成功的一半，這樣他們就可以在餘
下的路上通行無阻。

「好！我們馬上出發！往這邊走！」

關 Sir 猶如一名調兵遣將的將軍，制定行軍路線。

他熟讀了攻略，知道回頭路不能走，遊戲規則裏並沒有「返回」這個設定。他們必需勇闖最後一關，擊敗「路西弗」，才能勝出這個遊戲。

「我們團結一致，衝破最後一關！只許成功，不許失敗！」

「Ush！只許成功，不許失敗！」

眾人大喊，鬥志激昂。

事實上，關 Sir 心裏一點把握都沒有，因為他們將要對付的可不是張三李四，而是一個心狠手辣的極端恐怖分子，一個走火入魔殘暴不仁的瘋子，一個要對人類進行瘋狂報復的厲鬼冤魂！

這次談判沒有多少勝算，逃出生天的機率最樂觀的估計只有一半不到。

但作為將領，他必要先穩定軍心，縱使他心裏感到害怕。

於是，他振臂高呼：「我們必勝！我們必勝！」

「必勝！必勝！」眾人附和。

看着這些孩子滿懷希望的眼神，他更不能表露內心恐懼。

面對殘酷，最重要的並不是拼力氣，而是靠機智。他回想當初加入警隊時長官給他的一闋訓示，這也是他過去二十年來在警隊裏面訓練出來的危機應變技巧。作為一名警員，每天在執行任務時，都面對着生命的威脅，例如被撞擊、被刺傷、甚至遇上匪徒開槍等，所以他每天都會提醒他的團隊，在執行任務時要格外小心，面對匪徒不要害怕，更要保持冷靜。因為恐懼會讓人丟失理智，嚴重影響判斷能力。如果一名警員連自己的生命安全都保護不了，他又要如何保護人民的財產與安全？

現在他對自己說，這些孩子都在你手上了，這最後一役你必須全力以赴，縱使未能穩操勝券，但也不能輸得一敗塗地。

「準備好！出發！」關 Sir 再次振臂高呼。

「好！出發！」

穿好隱形斗篷的孩子都士氣大振，信心十足，

興高采烈地叫喊着。

只有 Richard 這身經百戰的玩家心中有數。他也笑着喊叫，但笑眼中卻閃過一絲憂愁。

輝仔的睡房內傳來歌聲。

只見關 Sir 對着電腦引吭高歌，壯大士氣。

肥媽和 Angel 不知道在那虛擬的世界裏究竟發生了些什麼事情，但見關 Sir 這般反應，也不禁擔心起來。

就這樣，大伙兒一個接着一個走，關 Sir 提着手電筒在前引路，Richard 殿後負責保護隊伍，浩浩蕩蕩的來到一處湖面。

只見岸邊閃閃爍爍，綠色的光點如滿天繁星。密集處層層疊疊熠熠生輝，稀疏處微光點點。

那是什麼？簡直是無法用筆墨來形容的美景！

成千上萬的亮光燦若繁星，倒映在湖面上，更有如萬珠映鏡，美不勝收。遠遠望去，又彷彿置身於香港太平山上，觀賞星羅棋布的萬家燈火。

「欸，這些光點怎麼會飛的？」Isabella 奇怪

的問。

只見幾個亮點已從空氣中游動而來，其中一粒恰恰降落在輝仔的手肘上。

「噢，這一閃一閃的東西是螢火蟲！」輝仔説，同時把小蟲抓起，放在 Isabella 的掌心裏。

「好可愛！」

小小的昆蟲，微微的綠光，暖暖的情意。

關 Sir 開着手電筒甩來甩去，螢火蟲也像是與他呼應似地一閃一閃。原來湖邊那一列矮樹上密密麻麻的全都是螢火蟲，看起來像一棵一棵忽明忽滅的聖誕樹，

每隻小蟲的一點微弱的光，成千上萬加起來就不能輕看了。

這些孩子長這麼大還從來沒見過成群出動的螢火蟲，那當然更沒有親眼目睹過這蔚為奇觀的螢火蟲樹了！這大概就是長年累月在城市裏生活的人的遺憾吧。

孩子歡呼起來，也不知道他們已踏進了森林的最深處。

這裏是到目前為止仍沒有任何玩家能順利通過的——

死亡沼澤！

《綠色地獄》的最後一關。

暴風雨的前夕，總是那麼風平浪靜。

19

大惡魔的真面目

一大群大雜斑蟒蛇，發出「嘶嘶」的噪音，拖着長長的身體靜悄悄地出沒，牠們像瘟神一般，在森林的地面上貪婪地覓食。

一旦被牠們鎖定為目標，大多在劫難逃。

那片枝葉間，竟躲着一個驚慌失措的初中男生。突然，「喀嚓」一聲，男孩不慎踩斷樹枝，失足掉了下來。

大樹下早已潛伏着一條巨蟒，男孩一落地，就被牠緊緊纏着。他愈掙扎，就纏得愈緊，最後窒息而死。

巨蟒張開血盆大口，將男孩整個吞進肚子裏。

隱約傳來電腦的合成語音：

**Mission failed.
Death!**

這裏就是死亡沼澤。

《綠色地獄》的最後一關，比之前任何一關都要危機四伏，艱險重重。

關 Sir 一干人等終於來到了。他們仍是一個接着一個，互相照應，發揮了人類團結互助的精神。

不知何時開始嘩啦嘩啦地下起了雨，幸好在雨林中很多植物的葉子都很大，就像一頂頂天然的雨傘，遮風擋雨。

只要能順利通過這最後一關，他們就能成功脫險，就能返回真實世界，安然回家與親人團聚了！

一想到這裏，大家都振奮無比。

老天卻愈哭愈傷心，彷彿在召喚着某種未知的危險與兇殘。

地面變得更濕潤，腳步愈來愈艱難，身體愈來愈寒冷。

幽暗的角落，大蛇仍在吐舌竄行，有的盤踞地上，尾巴不時抖動，看來是在守株待兔。

幸好大家都披上了隱形斗篷，否則後果不堪設想。

「沒事的，牠們看不見我們的。」關 Sir 不忙安撫着孩子：「小心點就是了。」

他的額邊卻冒出了幾滴冷汗來。

「呼——呼——」突然刮起一陣陰風，不知從何處吹來。

就在這一刻，一道閃電穿過層層雲霧，越過萬水千山，從遙遠的雲層直撲而來，瞬間照亮了整個夜空。

風雲變色，雷聲大作。

眾人朝死亡沼澤的上空望過去，被一副駭人的景象嚇倒了。

在閃電的掩映下，一個又一個的鬼影若隱若現，全都浮在半空，合上眼睛，低垂着頭，臉色慘白，全無知覺的在空中飄着。

還有更多的從四面八方飄浮而來，一個又一個，最後各自像找到了一個屬於自己的空間停了下來。

　　這些遊魂野鬼，遠遠近近高高低低密密麻麻的佔據了大半個烏雲集結的天空，景象詭異得讓人感到心寒。

　　輝仔更認出其中幾個就是他們的同校生。

　　原來這些無數睡去了的幽靈，都是曾經登入《綠色地獄》這遊戲而回不去現實世界的玩家，最後都一一變成無主孤魂，困在這個萬劫不復的虛擬空間內。

　　「呼──呼──呼──」

　　除了風聲、雨聲，空氣中還隱約夾雜着無數冤魂的痛苦呻吟聲，叫人不寒而慄。

　　太可怕了！

　　孩子都被天空中這恐怖異像嚇呆，難道他們最終也會變成這樣子，吊在半空，生不如死？

　　「呵呵呵呵哈哈哈！呵呵呵呵哈哈哈！」

呼呼風聲忽然變成了陣陣可怖的笑聲。

關 Sir 和 Richard 心裏已知道，大魔頭將要現身，最後的戰役一觸即發。

還來不及驚慌，一陣有如從地獄深處刮來的狂風已呼嘯而至，十個孩子被強風吹得左搖右擺，不由得倒退數步。

「靠在一起，手牽着手！」關 Sir 發出指示。

大伙兒照着辦，輝仔緊緊地拉着 Isabella，只有這樣才能在狂風暴雨下站穩一些。

眼前，風雨瀰漫間，陰風乍起時，迷離煙霧飄飄裊裊，漸漸聚成一個人形輪廓的鬼影，分辨不清面目，但那血紅、充滿恨意的眸子卻讓所有人都心中一悸。

大家幾乎馬上認出，他就是那個出現在電腦畫面上的恐怖幽靈。

「路西弗！」孩子驚慌大叫。

「郭翔！」關 Sir 在心裏喊出這個只有他才知道的名字。

不管是路西弗也好，還是郭翔的幽靈也好，都是他們將要對付的大魔頭，一個喪心病狂的網絡殺手！

「呵呵呵呵哈哈哈！呵呵呵呵哈哈哈！」

路西弗肆意狂笑，只見他穿着一件大黑袍，袍腳下看不到腿，但這樣更能讓他在半空中自由自在地飄遊。

「打敗我吧，否則死路一條！呵呵呵呵哈哈哈！」

大魔頭的雙手一揚，一雙黑色大袖隨風舞動，像兩把巨型的扇翼拂揮狂舞。這個時候，從遠方飛來一隻深褐色的兇猛禿鷹，頭頂上的羽毛略顯金黃，雙翅展開達到五米以上，象牙色的鈎形鳥喙一開一合「呱呱呀呀」的叫着。牠必定是受到路西弗的召喚而來，並隨即飛撲向那群受驚的孩子。

雨像箭一樣射下來，眾人被狂風吹得東歪西倒，東閃西藏。小豬冷不防這一突襲，瞬間被這隻巨大的猛禽抓起，飛到那邊沼澤的上空。

當然大家也來不及思考為什麼身上的隱形斗篷完全發揮不了作用。那只有一個原因，就是路西弗主宰這裏的一切，沒有任何東西逃得過他的眼睛。

「放開我！放開我！」小豬驚慌大叫，手腳在空中亂抓。

被巨鷹那雙如鋼鐵鈎子般強壯有力的雙爪緊緊抓着，誰也無法脫身。

沼澤的水面已冒出了十數條兇猛無比的鱷魚，每條至少有十米長，雙眼像一對血紅的火球，張開猶如巨型虎口鉗般的大嘴卻一動不動，渾身龜裂的鱗片，像古代武士的鎧甲，從寬厚的頭蓋骨延伸到尾巴。

關 Sir 邊護着孩子，邊向着路西弗大喊：「不要！」

但為時已晚。

因為幾乎同一時間，路西弗已憤怒地喊出他的死亡咒語：

Mission failed. Death!

小豬被凌空摔下，掉進巨鱷的大嘴裏。

巨鱷大啃大嚼，把小豬的骨頭咬得「咯咯」直響。

死亡沼澤的水面無法保持平靜，血花四濺。無比兇悍的巨鱷紛紛爭先恐後的撕咬着血淋淋的小豬，鋒利的牙齒閃着枯骨般的慘白，瘋狂地撕扯醬紅色的肉塊，直到牠們把肚子填飽。

大伙兒遠遠地望着這駭人的一幕，無不瑟瑟發抖。

輝仔目睹好友葬身巨鱷口中，異常激動。Isabella 失魂落魄，差點昏厥過去。

「小豬是為了救我的！」Gary 回想剛才千鈞一髮之際，小豬如何把他推開而自己卻被巨鷹抓走，心中猶有餘悸，痛苦地跌坐在地上，半晌說不出話來。

陰風再次吹來，已帶着淡淡的血腥味。

路西弗先聲奪人，關 Sir 與 Richard 暗自估量，這將會是一場極其艱難的硬仗。

「呵呵呵呵哈哈哈！呵呵呵呵哈哈哈！」

路西弗在半空中飄着，笑聲愈發猖狂。

「打敗我吧，否則死路一條！呵呵呵呵哈哈哈！」

巨鷹扇動着巨大的翅膀，緩緩降落在大魔頭的身旁，目光如炬的眼神中展示着牠的彪悍與兇猛。

Richard 悲憤莫名，心裏想到一種強大的武器，與此同時一把合成語音在耳邊響起：

為什麼森林遭受破壞會大大加劇氣候危機？
A. 二氧化碳等溫室氣體無法被吸收，
加強了溫室效應
B. 水土流失，土壤退化，造成沙塵暴
C. 棲息地和生態系統退化，
加劇物種滅絕的速度

Richard 這次來不及思考，以直覺來回答 A，幸好讓他猜對，隨即從空氣中抓出一枚 M224 迫擊炮，這個威力異常強大的武器，最大射速是每分鐘三十發，最大射程為三千四百九十米，先為美軍在韓戰中殺傷無數，立下了汗馬功勞，近年以美英為主力的北約聯軍也以此強大武器作為遠端火力支援，並在一連串軍事行動中重創阿富汗塔利班，重新奪回多個戰略要地。

Richard 肩上挎着 M224，對準目標準備發炮，眼神充滿怨恨。

那可惡的禿鷹必定會粉身碎骨。

「殺死牠！」輝仔喊道。

「為小豬報仇！」Gary 附和。

就在 Richard 扣動扳機的那一刻。

突然——

「停下來！」關 Sir 冷靜地說。

「關 Sir ？」Richard 十分奇怪，他想不到這位警官打算以 M224 作為一個與魔鬼談判的籌碼。

「郭翔！」關 Sir 向着路西弗大喝。

「你——」路西弗怔了一怔，這人怎麼知道他的真名？

「哼！你是誰我已經一清二楚！」關 Sir 牽牽嘴角說：「我來這裏的目的是要好好的跟你談判一下！」

「談判？可是我的遊戲規則裏好像沒有談判這個設定。」路西弗有點錯愕。

「只要你手下留情，不要傷害這些無辜的孩子……」關 Sir 續說：「我們大可以避免一場兩敗俱傷的戰役！」

路西弗奇怪地聳了聳肩。他心裏認為這根本就是一個荒謬的要求，然後伸出食指搖了搖，同時又搖了搖頭。

關 Sir 只想以理服人：「郭翔，這些孩子與你無怨無仇，他們不過是因為貪玩而誤闖進來，你沒有必要這樣對付他們，他們不該是你報仇的對象！你放過他們吧！」

路西弗想了想，笑了笑便説：「哼！這些愚蠢的孩子迷戀假象，情願躲進一個暗無天日沒有半點生氣的虛擬空間，也不願活在一個有血有肉的真實世界。執迷不悟，死了也不可惜！」

Richard 忍不住罵他：「哼！你就是利用他們這個弱點來引誘他們，讓他們走進你這個陷阱，然後把他們一一殺害？你這樣做太卑鄙了！」

「我卑鄙？哈哈哈！比起你們人類，我甘拜下風。」

「你還狡辯？你自己不是人類嗎？你……」Richard 十分激動，扛起他的武器 M224。

關 Sir 按着 Richard，對路西弗説：「夠了！郭翔，不要再害人了，這樣對你有好處嗎？給我們一條生路吧！」

　　「給你們一條生路？那我呢？放生了你們，我就永遠留在這裏做無主孤魂，永不超生？」

　　「你這話是什麼意思？」關 Sir 問道。

　　「我的遊戲早設定了一個兩全其美的雙贏局面，我從來就不想看到兩敗俱傷。」

　　這話由大魔頭的口中説出來，完全出乎意料。

　　「那就好了，説來聽聽呀？」關 Sir 急切地問。

　　「只要你們當中有人能贏出遊戲，那我的靈魂就能被釋放，而你們所有人也能離開這裏重返人間！我等了好久了，多麼渴望這個英雄人物能盡快出現！」

　　「那很簡單，你把勝出的方法告訴我，讓我來把這個魔咒化解，那麼你就不用做無主孤魂，我們也可以回去我們的世界，這不是一舉兩得嗎？告訴我們吧！」

　　「呸！説了答案這個遊戲就不好玩、就沒意思

了，是不是？」

「哎呀請你說吧！我們不玩了！」受驚的 Isabella 開口央求。

「但我好想玩呀！我好想好想能親眼見到有那麼一個『救世者』出現！」

Richard 又惱火了：「他騙人！這是他設計出來的害人玩意，這遊戲根本就沒有勝出的方法！根本就是死路一條！」

路西弗不屑地說道：「那是你們小人之心吧，我既然設計出這遊戲來，那當然就有勝出的可能，只是你們太愚蠢，太低能吧！你們這些笨蛋根本就不是我的對手！走了這麼多人進來，竟然沒有一個人能勝出！蠢材！笨蛋！」

路西弗伸着脖子，得意地大笑了幾聲。

「哈哈！你們這些連豬狗都不如的蠢材！來呀，把我的靈魂釋放吧！救我，就是救你們！」

「那你起碼給我們一點提示呀？」關 Sir 再三要求，只想盡量拖延時間。

「我都是為了你們呀！我所做的一切，都是為

了你們這些愚蠢的人類呀！我是個救世主！我這種用心難道你們一點都不明白？嗯？」

他究竟在說什麼？關 Sir 與 Richard 都聽不明白。

那些孩子更加不懂。

那根本就是歪理。人總會為自己的所作所為去找出自以為是的理由去自我辯護。一個殺人不眨眼的暴徒，臨死一刻也不會認錯，甚至還堅持自己是對的，更會搬出千百個冠冕堂皇的理由去為自己伸冤。Richard 清楚記得當年在警校裏聽到的關於犯罪心理學的這一個要點。

「關 Sir ！」Richard 先下了決定，他說：「別浪費時間，這樣談判下去也不會有結果，他根本就是一個殘暴不仁的瘋子！一個罪惡滔天的殺人犯！還說自己是什麼救世主，簡直不可理喻！別上他的當！」

關 Sir 沉着氣，苦苦地思考對策。

「他不吃軟的就來硬的吧！」輝仔也嘗試說服父親。

「哈哈哈！來打敗我吧，否則死路一條！呵呵

呵呵哈哈哈！」

　　大魔頭一再挑釁，臉露猙獰之色，渾身充滿了狂暴的氣勢。

　　渾身濕透的孩子感到十分恐慌。

　　關 Sir 這位長官心裏猶豫，那是多麼難下的一個決定，他最害怕的是，戰役一旦爆發，就會斷送這些孩子的寶貴性命。

　　這時，路西弗發惡了。

　　他再次揮動他那雙黑色大袖，奔騰澎湃一陣緊似一陣的風聲，猶如陣陣午夜的怒濤。

　　那隻兇悍的禿鷹隨即拍動着牠那雙巨大翅膀，「呱呀」的大叫一聲就如閃電般向天空飛去，飛到遠處那棵最高的紅杉樹頂上，又用力揮動着遮天的巨翅，再朝孩子這邊俯衝下來。

　　巨鷹尖銳的吼叫震動山林。

　　「關 Sir！」Richard 心中升起了一絲危機：「不能拖了，現在唯一的方法就是戰勝他！打敗他！」

　　與此同時，他已把那 M224 再次挎在肩上，並

對準了目標。

巨鷹滑翔而來，伸出鋒利的巨爪，沿途帶起了一陣陣強烈的罡風，這回更直向 Isabella 飛撲過去。Isabella 大驚失色。輝仔想也不想，不顧一切地飛身過去，用自己的身體去抵擋巨鷹的襲擊，卻一不小心被大鳥的利爪抓了一把，頓時鮮血淋漓。

這才一眨眼的工夫，關 Sir 這一方已兵敗如山倒。

「哈哈哈哈哈！」那邊路西弗瘋狂大笑。

巨鷹「呱呱呀呀」的叫着，再度捲土重來，這次更是來勢洶洶。

關 Sir 從地上爬起來，看到如此情景，終於咬着牙根大喊：「開火！」

談判正式宣告破裂。

「去死吧！」Richard 大喊。

「砰砰砰砰砰砰砰砰砰砰」的一連串巨響。

巨鷹應聲倒下，血花四濺，身上都是彈孔，在地上發出「咿咿呀呀」的怒吼聲，還想掙扎起來。

「打死牠！」負傷倒地的輝仔義憤填膺。

砰——！

再來一槍。巨鷹氣絕身亡。

這回為了替小豬報仇雪恨，也為了輝仔宣泄一股怒氣。

父親連忙把受了重傷的兒子抱過來，只見輝仔的大腿被開了道半尺來長的口子，血流如注，怎樣都止不住。Isabella 急中生智，扯下一角衣衫為輝仔包紮傷口，這樣下去才不會失血過多。

「輝仔，撐住呀！」父親向慢慢閉上雙眼、緩緩地睡去的兒子叫喊。

大禿鷹死不瞑目，路西弗火冒三丈！

他嘴角勾起邪惡的微笑，又再揮動那雙黑色巨袖，隨即揚起一陣狂風。他張狂地笑着，漸漸向人類一方逼近，兇殘的面目在星光下看起來更是猙獰可怖。

「哈哈哈！來打敗我吧，否則死路一條！呵呵呵呵哈哈哈！」

Richard 手持威力強大的 M224，胸有成竹，同時想到要實現這武器的「人力快速射擊」絕技，便與關 Sir 和 Gary 三人合作輪番手動裝填，這樣就能在四分鐘內連續不斷地發射一百二十枚炮彈。

哼！大魔頭這趟必死無疑！

三人合力用最快速度把迫擊炮架起來，Richard 的眼神狠狠地向路西弗瞄準。

噗！

一百二十枚炮彈連珠炮發。Richard 只管拚命地向着前方掃射，腳邊已經鋪起了厚厚、黃澄澄的一層子彈殼。

火光沖天，濃煙滾滾！

路西弗身上滿是彈孔，肚腸破裂，腦漿迸溢，血花四濺，真是讓人慘不忍睹！

迫擊炮的火力驚人無比，Gary 與幾個孩子張口結舌。那邊躺在 Isabella 身邊虛弱的輝仔也不禁睜開眼睛叫了一聲「哇噢」！

火海一片，沼澤變成了殺戮戰場。

路西弗的身體支離破碎，消失得無影無蹤。

「Yeah！」幾人同時發出勝利的歡呼！

「大魔頭死了！大魔頭死了！」

大家喘着大氣，歡欣雀躍，滿以為取得勝利之際，空氣中竟又突然傳來熟悉的笑聲。

「哈哈哈哈哈！哈哈哈哈哈！」

怎麼又是路西弗的狂笑？

只見迷離煙霧飄飄裊裊，慢慢又聚成了一個鬼影，那血紅、充滿恨意的眸子又再出現。路西弗的身體竟能重新整合，散落了的部分再度還原，恢復原貌。

大家嚇得呆住了，不敢相信眼前景象，這大魔頭竟安然無恙，毫髮無損地復活過來！

路西弗的面目愈見陰沉，笑聲更加放肆。

「哈哈哈！來打敗我吧，否則死路一條！呵呵呵呵哈哈哈！」

Richard 再度開火，但路西弗刀槍不入，擁有無限復活的不死身，縱使關 Sir 與其他孩子都分別找到了武器，眾人同一陣線地對着敵人連環攻擊，但大魔頭法力無邊，再強的武器也鬥不過他。

道高一尺，魔高一丈。

人魔之戰中人類徹底失敗，潰不成軍。

風雨飄搖下，眾人筋疲力竭，垂頭喪氣如喪家之犬。

那邊，路西弗得意洋洋，振臂狂笑。

輝仔向着空氣咆哮：「騙子！大騙子！連最強的武器也鬥不過他！根本就是死路一條！」

關 Sir 心知無法力挽狂瀾，神情沮喪無奈地說：「郭翔，你自己死了，為什麼還要遺害人間？還要我們來陪葬！你太無恥了！」

「你這個混帳的地獄遊戲！你是魔鬼！你是撒旦！」Richard 怒不可遏。

「你說的是什麼瘋話？」路西弗怒吼了一聲：「你們帶着侵略的心，身懷殺人武器而來，這裏哪能是個天堂？」

眾人怔了一怔。

「我來拯救你們，來保衛這片人間淨土，你們卻來糟蹋這裏的一切，那是誰在遺害人間呢？」

「哼！人間淨土？放屁！」Richard 反問：「我一走進來這鬼地方，那些可惡的螞蟻就纏上來了，那是誰的主意？」

「呸！」大魔頭一聽就火了：「要不是你一腳把牠們的巢踩得粉碎，牠們會反擊嗎？牠們不過咬上你幾口，才那麼一點點皮外傷，你卻瘋狂的開火還擊，還把牠們殺個清光！哼，你這人真殘忍！」

「呃……」Richard 一時語塞。

輝仔很不服氣，用盡力氣地罵道：「那黑熊幹嘛要襲擊我？那又是你的主意嗎？」

「呵？」郭翔的幽靈有一點錯愕，然後大笑了幾聲說：「你是說那隻剛分娩的母熊？是誰先把她那幾隻幼崽給射死的？」

輝仔這才想到那幾隻毛茸茸的可愛小熊，一時也說不出話來。

「這母親一聽到可怕的槍聲就趕回去看，幾個

可憐的孩子已經死了！幾隻幼崽只是閉着眼睛哇哇的哭，你怎麼忍心動殺機？」郭翔指着輝仔罵道：「你這麼年輕，真沒人性！」

輝仔只因受不住小熊的哭聲，就把他們亂槍射殺，想來委實殘忍。

「這個地方本來就是屬於他們，是牠們的家。」這時，路西弗的眼神竟充滿了憐惜，語調變得溫和：「這裏的生靈，全部以與生俱來的方式生活，這個定律千古不變，你們來訪它們已不甚歡迎，但你們破壞了這裏的規矩，牠們就要反擊，這是理所當然。牠們只有皮膚包裹着身體，手無寸鐵。你們卻披盔戴甲、身懷武器而來，怎能不讓牠們憤怒？」

「哼！武器不是我們帶來的，都是在你這裏找到的！」Richard 反駁道。

「廢話！」路西弗再怒吼一聲，大家嚇了一驚：「那完全只是你們的腦袋作怪！」

「我這個遊戲裏根本沒有任何武器，我這裏甚至沒有任何一件文明的產物。」

Gary 想了想說：「那倒是，這遊戲跟別的不一樣，從來沒有明確地列出武器清單，也沒有什麼

武器攻略、遊戲設定，但每次在緊急關頭我們心裏想到些什麼就有什麼，真奇怪。」

「我不是説了嗎？那完全只是你們的腦袋作怪！你們抱着侵略的心而來，大開殺戒，濫殺無辜！好一個漂亮的天堂，自你們踏進來以後就變成了地獄！」

大家開始認真地思考着路西弗的説話。

這時，路西弗怒揮大袖，指向一邊，血紅色的眸子覆蓋了一層哀傷。

「看吧！看清楚你們的所作所為！」

放眼過去，沖天的殺氣瀰漫而出，籠罩整片森林。火光熊熊，烽煙四起，整個森林陷入一片混亂，遠處傳來野獸驚恐的嚎叫聲，無數的鳥雀在驚飛，大大小小的動物向着四面八方倉皇逃竄。

空氣中不是火藥味就是血腥味，好一個戰火紛飛的戰場。

生靈塗炭，宛如人間煉獄，末日降世。

各人沉默下來。大家開始為那些曾遭受他們殺害的生靈而感到抱歉。想到自己剛才的殘酷，

Isabella 與幾個孩子的臉上更已掛滿了淚珠。

路西弗又怒又恨，又悲又怨。

「我以愛來保衛這裏的所有，你們卻以征服的心來毀滅這裏的一切！看你們多自私！多恐怖！多殘忍！」

這個時候，關 Sir 走前幾步，表情沉重。

「郭翔，我們錯了，我們非常的抱歉，請你原諒我們吧。給我們一個機會，放我們出去，我們以後會知道怎樣做的。」

「你們都知錯了嗎？慚愧了嗎？沒話説了吧？哼！太遲了，去死吧！你們的任務失敗了！哈哈！哈哈哈！」

路西弗的怒吼在狂風中翻騰。

「不要！」關 Sir 預知危險逼近。

「你們是罪有應得，死有餘辜！哈哈！哈哈哈！」

路西弗再次發怒，隨即大袖一揮，澎湃的風聲呼嘯而出，猶如陣陣憤怒的波濤，瞬間形成了一個

巨大的旋渦，並把所有人都捲至半空。

孩子在驚慌大叫。

「懲罰我吧！放過這群孩子！他們是無辜的！」被一種無形的力量拉扯到半空中的關 Sir 邊掙扎邊大聲哀求。

路西弗輕蔑地說：「哼！你們每個人只是以一條命，來賠這裏千千萬萬無辜死去的生靈的性命，不值得嗎？去死吧！統統去死！哈哈！哈哈哈！」

所有人都被狂風愈扯愈高，毫無反抗之力。

路西弗口中唸唸有詞，施出魔咒：「Mission failed……」

就在他準備喊出死亡咒語最後一個字的那一刻——

「停止！」

突然有人大叫。

眾人循聲望去，那邊，一個肥胖的身影跌跌撞撞的跑過來。

「媽咪？！」半吊在空中的輝仔馬上認出母親來。

「哎……肥媽你來幹嘛？」關 Sir 也始料不及。

地面上，肥媽停下來喘着大氣。

「郭翔！」肥媽怒吼了一聲：「放他們下來！我有擊敗你的法寶！」

大家無法相信，但眼中還是閃過一絲希望。

路西弗卻用一種極度懷疑的目光看着這個胖嘟嘟的不速之客，難道這位就是他一直渴望等待出現的人？

他笑了笑說：「好，來吧！救我，就是救你們！」

然後愜意地合上眼睛，張開雙臂，像是等待靈魂被拯救的一刻。

「哼，受死吧！聽着——」肥媽吸了一口氣，然後大喊：

「仁者樂山，智者樂水！」

大家都瞪着眼睛，期待着晴天霹靂、地動山搖、翻天覆地的變化。

　　可是，世界並沒有絲毫的改變。

　　一點都沒有。

　　所有人依然被無助地吊在半空中。

　　路西弗仍是那麼自信地掌控着一切，還叉起手來，失望地搖了搖頭說：「我太高估你們這些愚蠢的人類了！去死吧，蠢材！」

　　「這不是他留在自己家門前的一個暗語嗎？」肥媽喃喃自語，卻不知道原來自己也已被一陣強風扯上了半空。

　　唉！大伙兒逃出生天的願望一再落空。

　　而要犧牲的人又多了一個。

　　關 Sir 一家終於團聚，卻是在這死亡前的一刻，在這陰沉的半空上。

　　「妳來送死呀！」關 Sir 責怪肥媽。

　　「兩道門是一樣的！黑森林的門，他家的大

門，我還以為那幅對聯是密碼。」

丈夫怪妻子沒有深思熟慮便亂闖進來，但肥媽因思念家人而甘願冒險，寧願死在一起，也不願獨自活在人間。

路西弗再次發怒施出魔咒：

「那你們一起死吧！ Mission failed……」

也就在這麼一剎那間——

「不要！」

又來了另一名不速之客。

「Angel ？」這回是 Richard 先認出女友的聲音。

眾人循聲望去，果真是 Angel 匆匆的跑到來。

「Angel，看妳了！現在所有的希望都寄託在妳身上了！」肥媽不甘心地說。

「Angel，妳怎麼也來了？妳有把握嗎？」Richard 緊張地向地面上的 Angel 喊問。

Angel 點點頭，深吸一口氣，戰戰兢兢地走前幾步。

　　路西弗有點無可奈何，但仍樂意等待靈魂被救贖的一刻。

　　「好，來吧！救我，就是救你們！」

　　然後，這個叫「天使」的少女用手指在胸前劃起十字架，合上眼睛，口中唸唸有詞：

　　「願上帝的榮耀賜我力量！」

　　她輕輕舉起右手，一個小小的銀十字架暴露在空氣中。那本來是掛在她脖子上的那個吊墜。

　　就在這個時候，神奇的事情發生了。一道聖光從十字架裏噴射而出，向着四面八方散射出褶褶金光，那是一股極其強大的正義能量，瞬間把身邊一切都照亮了。

　　烏雲散開，縫隙間閃耀着一束束的光芒。

　　Angel 抱着堅定信念而來，因為她相信這聖物擁有強大的降魔力量。她也清楚知道，「路西弗」這個名字在聖經裏是個大魔王，他本是天神，卻因為拒絕向聖子基督臣服，發動叛變，最終被基督擊

潰，在混沌中墜落了九個晨昏才落到地獄變成了魔鬼。此後神創造了天地，路西弗為了復仇，化身為蛇潛入伊甸園，引誘夏娃食用了禁果，再利用她引誘亞當犯下違抗神令的罪，自此，罪、病、死遍佈世間。

那邊，路西弗臉露驚懼之色，在這股神聖的光芒之下，他的魔鬼臉孔無所遁形，整個身軀漸漸萎縮，直到消失得無影無蹤。

這不過是 Angel 閉着眼所幻想出來的完美結局。

當她滿有信心地再次張開眼睛，身邊景況依然，世界還是沒有一點改變。路西弗仍在那邊肆意狂笑。

這到底是什麼一回事？怎麼這聖物連一點點的力量都沒有？

「哈哈！哈哈哈！你這東西在這裏是沒用的！」

「為什麼？上帝是萬能的！沒可能的！」

「不要忘記，這裏是個虛擬的世界，是人類自以為是地創造出來的一個『伊甸園』！」

又一次的失望。

什麼法寶都盡出了，所有希望都幻滅了，各人自知已到了生死關頭。

「你這魔鬼，竟然想再次背叛基督，取代上帝的位置？」作為虔誠的教徒，Angel 憤怒地喝罵大魔頭。

路西弗在怒吼：「蠢材！主宰這裏一切的是神、是鬼？都不是！是美是醜，是天堂是地獄，都只是一念之差！你們不會明白的了，統統受死吧！」

最後，路西弗振臂怒吼：

「Mission failed……」

沒有人吭聲，等待被處死的一刻。

竟然就在那麼一瞬間——

「汪！汪！汪！汪！汪！」

眾人抬起絕望的雙眼望過去，那邊 Anatta 搖着尾巴，喜孜孜地跑過來。

突然——

一切夢滅，世界崩落如咒語被瞬間破解。

烏雲消散，天開始明亮起來。幾朵白雲飄浮半空，給世界添了幾分祥和。

大家瞪大眼睛看着一切，無不喜出望外，還沒弄明白是怎麼回事，路西弗已如一陣煙似的消失在空氣中。

隱約傳來電腦的合成語音：

Mission accomplished! Congratulations!

緊接的是一段節奏明快的樂曲，何其悅耳。

陽光穿越着密林照射下來，清晨的霧氣還沒有完全散去，鳥兒的鳴叫聲清脆入耳，枝葉間、泥土上都是蹦蹦跳跳的小動物。雨水滋潤後的大地朝氣勃勃，生機處處，五顏六色、形態各異的奇珍異卉爭妍鬥麗，發放着生命的氣息。

眾人飄浮空中，徐徐合上眼睛沉睡過去，與無數浮遊在半空中的幽靈一起，輕輕地、悄悄地降落到地面。

視野遼闊，一望無際的藍天白雲。

解除魔咒的鑰匙

20

窗外，好一個天朗氣清的早上。

陽光自濃密的樹蔭中灑落下來，勾勒出斑斕的彩影。蝴蝶在樹葉間追逐，一隻松鼠小心翼翼的自藏身的樹洞中探出頭來，警惕地打量着四周，耳朵輕微轉動着，確認安全後，方才蹦跳到梢頭處，準備好好享受一番陽光所帶來的溫暖。

陽光懶洋洋地爬進窗內，爬進室內的每一個角落。這時，關 Sir 矇矇矓矓地張開眼睛，驚訝地發現自己睡在醫院的病牀上。他的身旁，是剛剛甦醒過來的 Richard，還有輝仔、Gary 與其他孩子。

整個病房的孩子都在逐漸甦醒。

大家把親自經歷的荒誕怪事想了一遍，似夢

還真。

房間外傳來了一片歡呼聲。

眾人趕緊向女病房那邊跑去，在房裏他們發現了剛醒過來的 Isabella。輝仔與 Gary 喜出望外，但對於小豬的早死，大家仍深感悲哀。

肥媽沉沉睡着。輝仔搖着她，頻頻叫喚她的名字，可是她絲毫沒有醒來的意思。然後，關 Sir 大力地捏她的臉蛋，肥媽方才恢復知覺。

一家三口互相擁抱，親情洋溢。

醫生護士、眾人的親友都來了，失而復得的感覺，死過翻生的感覺，彼此的淚眼中展現出真摯的笑容。

「Angel 呢？」Richard 找不見女友，心裏莫名地驚慌。

唐樓沐浴在明媚的陽光下，顯得新鮮而溫雅。

一線晨光穿過窗戶落在 Angel 熟睡的臉上，與她懷中的小狗 Anatta 身上。

Richard 等人已急不及待地趕回家來，這個時

候，Angel 剛好打着呵欠睡醒過來，Anatta 也睜開牠那水汪汪的黑眼睛，好奇地觀看四周。

Richard 急忙上前，緊緊地握着 Angel 的雙手，連忙賠不是，痛罵自己沉迷打機，損人不利己。Angel 這才知道自己已昏迷了一天一夜。

雨過天晴的感覺，室內一片歡快氣氛。

Anatta 又再活潑起來，跳到地上來回亂跑亂跳，汪汪地叫。

誰都沒有猜到，小狗竟然成為了《綠色地獄》的最後贏家，大家眼中的大英雄，虛擬世界裏的救世主！

大家都在疑惑地望着這搖頭擺尾的小狗，究竟牠擁有什麼神奇力量，竟然可以戰勝大魔王路西弗，把所有人從地獄的門檻前拯救回來？

「這到底是怎麼一回事？」

於是，眾人追問最後登入遊戲的玩家 Angel。

她才徐徐回憶起當時的情景⋯⋯

「那個晚上，關 Sir 在電腦前引吭高歌，我和

肥媽陪伴在側擔心不已。誰不知天還未亮，關 Sir 已不支倒下，我和肥媽連忙把他送進醫院。痛失丈夫與兒子的肥媽呼天搶地哭成淚人，擅自闖進虛擬世界，還說自己掌握降魔法寶，我力阻未果，肥媽才登入遊戲不久卻已不省人事，我又把她送進了醫院。

我要崩潰了，究竟發生了什麼事？難道我身邊的人都要死個清光？我六神無主，手足無措，回到這個家裏，我想念 Richard，想念你們每個人，但我可以做些什麼呢？

我摸着脖子上的吊墜開始誠心祈禱。

突然，我靈機一動，心裏有了必勝把握，便胸有成竹地登入這死亡遊戲。

我一走進去就遇上一群豺狼，我害怕得要命。該怎麼辦呢？如果那是一群流浪犬，我會站住不動，不會拿棍棒去打牠們，也不會蹲下去撿石頭去扔牠們，因為我知道那樣做會惹起牠們的獸性。我曾聽說，再兇的狗也不會亂咬人的。這些豺狼大概也跟狗的習性一樣吧，我便用相同的方法去對付牠們。

我心跳得厲害，但盡量保持鎮靜，避免與牠們對視，不想讓牠們以為我在挑釁牠們。我在深呼

吸，一動不動，但是，還是有其中一條豺狼向我這邊走過來，哎呀我的天！我這趟死定了。我閉上眼睛默默祈禱，我祈求上帝保佑我，上帝果然聽到我的禱告，那條豺狼只是在我身旁嗅了幾下，然後就跟其他的狼一起走開了！感謝主，我安全了！這個時候，天亮起來了，樹上的鳥在唱歌，那該是一天的開始。森林裏並不是那麼恐怖，完全沒有你們說的那種邪惡氣息。」

「是呀，那裏很漂亮！」肥媽認同地說。

大家都感到很奇怪。

肥媽回想當時的情景：「一開始什麼都看不見，只聽見自己的心跳聲，我嚇死了，也記不得回答了些什麼問題，然後馬上拿了個火把，看了看。太恐怖了，地上全都是可怕的螞蟻。牠們該怕火的，我想，便揮動手裏的火把。果然那些螞蟻感覺到火光，很快就退下來。然後天就慢慢亮起來，四處鳥語花香，那是個清朗的晨曦，一點也不恐怖！多麼漂亮的大自然，多麼美麗的一個天堂！」

這到底又是怎麼一回事？

這兩個從來沒有看過攻略的女人，怎麼會有這番奇妙體驗？她們沒有闖進可怕的地獄，卻走入了一個如詩似畫的天堂，難道這是男女之別？也該不

是，Isabella 和其他女孩都沒有這種體驗呢。

從地獄裏逃出生天的關 Sir、Richard 與輝仔都感到莫名其妙。

Angel 解釋説：「我是有備而來的，十萬火急，我知會了我以前的班主任，他是教地理的，我求他一定要幫忙，就這樣，我登入了遊戲，一遇到難題就打電話給老師——」

「連幕後軍師這一招也使出來，你真夠厲害！哎呀，這絕招我怎麼想不出來呢？」輝仔不忿地説。

「然後呢？你沒有遇到任何危險嗎？」大家追問下去。

Angel 續説：「白天的森林沒多大的危險，我只管拚命跑，希望在入夜前盡快找到你們，打敗那個大魔王，最後終於讓我找到了。我還滿懷信心，我相信萬能的上帝的力量，邪不能勝正！不是嗎？但畢竟那不是真實的世界，所以——」

Angel 無奈地搖了搖頭，還沒有弄清楚自己輸了的原因。

這一刻，Richard 對人生好像有了一番新的體驗。

「郭翔不是説過了嗎？『是美是醜，是天堂是地獄，都只是一念之差！』這是他的遊戲設定啊！如果我們帶着一顆仇恨的心走進他的森林，那個地方當然不會是天堂，但如果我們帶着一顆愛心走進去，那個地方就不會成為地獄了！」

「那就是説……」輝仔一臉成熟地分析着：「Angel 姐姐和肥媽能在森林裏看到美好的東西，那是因為她們的心中充滿愛。」

對！全對！大家都同意 Richard 與輝仔的判斷。

「但為什麼最後勝出的不是 Angel，而是 Anatta ？」Isabella 不禁發問。

大家又疑惑起來。

這時，關 Sir 又好像有了新的人生感悟。他説：「那些武器，在我們的眼中代表信心、自衛、進攻、勝利，在郭翔的眼中卻代表霸權、侵略、兇殘、災難！我們從拿取第一件武器開始就註定輸了，就註定要進入他所設定的地獄世界！」

「難怪遊戲一開始就提醒我們：『小心你的每一步，你的每一個決定足以影響你的生死！』他就是要我們先思考一下我們是懷着一顆什麼的心來進

入他的世界！」Gary 加入了他的見解。

肥媽即時辯駁：「我可沒有拿武器，我只是拿着火把喊口號呢！」

「我只是把十字架舉起，這不是武器呀！為什麼我們還是失敗？」Angel 也補上一句。

大家又再思考。

最後，Richard 得出結論：「就算是肥媽的一個暗語，一個火把，Angel 的一個十字架，在郭翔的眼中，這幾樣東西的背後，都代表一種要操控別人、征服他人的野心！」

「都是一種『有我』的心。」關 Sir 忙不迭地補上一句。

「所以，這也不算是最純潔的心吧？」輝仔也漸漸明白了一些道理。

這個時候，Anatta 又跑了過來，向着眾人汪汪大叫，眼神是那麼天真無邪，純真可愛。

大家看着這個該記一功的真英雄。

Angel 靈機一動，為大家作出總結：「Anatta

是帶着一個最純潔的心靈走進去，而在郭翔的設定裏，最強而又能擊敗他的『武器』就是一顆沒有侵略企圖的心！所以 Anatta 最後贏出了！」

「那是一種無我之心。」Richard 說道。

「無我之心？」

「嗯。有我，就有了分別心，有了維護自我的心，有了執着、自私、自利，總是強調自己對，用自我強調對錯，這本身就是錯的。唉，我們都太自我了，只是用自己的觀點來衡量別人、要求別人，這就是我們永遠沒法識破郭翔的陰謀的原因。Anatta 就沒有這種自我的執着，沒有任何人為的框框，最關鍵的是牠沒有贏人的心，最後反而讓牠贏了！」

大家一下子明白過來了，天使與魔鬼，就在一念間，天堂和地獄，其實本來就只有一步之遙。

關 Sir 感慨良多，搖了搖頭說：

「郭翔是一個瘋子，也是一個天才。他是為了報復，也是為了拯救。如果這個遊戲一直沒有人能勝出，那麼受害者只會愈來愈多，他向人類報仇的計劃就會得逞，但只要有一個人能夠勝出，那麼所有人就能獲救！」

肥媽也有感而發：「那個老婦人説他是個心地好的孩子，我現在明白了。郭翔太愛這個地球了，所以才死了也陰魂不散，怎樣也得把未設計好的遊戲完成，也真夠用心良苦！他一心希望能活過來的人，可以幫他完成他還沒有完成的心願！」

　　「其實，我們每個人也真的應該為這世界做點事情。」Richard 説道：「地球的樹林愈來愈少，如果我們不去珍惜，最後總會有耗盡的一天。你們看，我們踩在腳下的地板、這桌子、椅子、這些窗框、那道大門，還有這些書本、紙張、廁所的抹手紙，全都是來自樹木，全都是來自森林的木材，樹林真的在我們的生活裏無所不在呢！所以大家要好好珍惜資源，不要浪費！否則郭翔的冤魂會隨時回來找我們報仇的啊！」

　　一想到電玩裏那個滿嘴獠牙、面目猙獰的大魔頭，大家不由得又打個寒顫。

　　「是的，Richard，你説得對，郭翔也説得對。」肥媽説道。

　　經過這麼一場戰役，大家明顯地對世界有了新的認知，對生命有了新的體悟。郭翔成功了。他的用心良苦，他那種走向極端、對大自然的愛的訊息，也許將會透過這些奇蹟生還者慢慢傳揚開去。

「不知道郭翔有沒有想到過……」這次，是 Isabella 有感而發：「最後打敗他的竟然是這隻小狗，而不是人類！」

「奇怪了？ Anatta 完全不懂電腦，牠是怎樣跑進去的呢？」輝仔不禁疑惑起來。

「牠是不忍看見 Angel 獨自冒險，所以追隨主人跑進去的吧？」Gary 揣測着說。

「別作無謂的猜測了。」Richard 分析說：「Anatta 比人類更靠近自然，牠自有牠自己的方法。」

「什麼方法？你在故弄玄虛些什麼？」

「也許根本不需要用什麼方法，這不過是個 mind game，郭翔的靈魂是怎樣跑進去的呢？我們的意識又是怎樣被吸進去的呢？科學能解釋得到嗎？」Richard 聳聳肩又說：「AI 的技術愈來愈高明了，什麼是真？什麼是假？當我們愈來愈分不清楚的時候，就代表我們已經迷失了，就是我們已經被 AI 控制了！還是 Anatta 最清醒，牠由始至終都沒有被迷惑，也許就是這個原因，最後把我們所有人都救出來了！」

哈哈！哈哈！對對對！

「你們現在所有人都清醒了嗎？」關 Sir 提高嗓子問道。

「Yes, Sir！」眾人齊聲高呼。

「那麼，我們以後要向 Anatta 多多學習啦！」Angel 惬意地把小狗抱入懷中。

「Anatta，明天買最好的東西吃給你，好不好？」Richard 拍一下小狗的屁股說道。

Anatta 像是聽懂人語，汪汪的興奮地叫着。

大家都以這小狗為榮。

「咦！」輝仔忽然想起：「那批價值連城的稀世寶石到底在哪裏？Anatta 既然勝出了，那牠該知道寶石的下落？」

「對呀！」Gary 打趣地問小狗：「Anatta，那一千萬美元的寶石藏在森林的什麼地方？你有沒有中飽私囊？快說！」

Anatta 眨一眨牠那雙水汪汪的黑眼睛，「嗚嗚」的低鳴着，十分無辜的樣子。

大家想了又想。

「其實我們早已發現了，我們都看見過。」Isabella 忽發奇想。

「哪有？在哪裏？」輝仔問道。

「你們記得嗎？我們在死亡沼澤前的湖邊，那些閃閃發光成千上萬的螢火蟲！」Isabella 説出心中所想。

「成千上萬的螢火蟲？哇，想來也覺漂亮。」Angel 幻想當時的景象。

「不會吧？」Gary 插嘴道：「蟲就是蟲！説是什麼稀世寶石，郭翔分明是在騙人！」

「這個也有道理。」關 Sir 分析着説：「因為對於郭翔來説，只有大自然的一切才是無價之寶。你們想想，如果他説森林裏邊有成千上萬隻螢火蟲，而不是價值一千萬美元的稀世寶石，你們會進去玩嗎？你們會進去捉蟲嗎？有玩家會這樣進去尋寶嗎？」

哈哈哈！哈哈哈哈！

雨過天晴的舒暢感。窗內傳來陣陣歡樂笑聲。

21

微妙的生活變化

秋去冬來，各人的生活已回歸了正軌。

上班的上班，上學的上學。

　　下課的鈴聲響起了，輝仔跑到校門外等着，他已準備好一份禮物來報答 Isabella 不顧一切進入虛擬空間以身犯險來救他的高尚情操，那是多麼偉大的友情！但是，那畢竟是虛擬世界裏的假象，現實世界中他與 Isabella 並不是那麼熟絡，究竟 Isabella 是不是因為他而闖入電玩，那還不能説得清楚！那可能只是他自己心理作祟。黑森林裏所發生的事情，多少是真多少是假，根本無法分割清楚，有可能只是他日有所思夜有所想的結果，是他自己在虛無境界裏主觀投射出來的假象，無中生有地把自己和 Isabella 在電玩遊戲裏塑造成為一對共度患難的好友！

輝仔愈想愈糊塗，回想起那段恐怖經歷，似假還真。突然，他狠狠的給自己一記耳光，原來這傻孩子想要證實一下自己這一刻是否真正活着，想要證實一下眼前這所學校也並非什麼虛擬事物，他更想要證實的是自己並不是沉溺於幻覺之中，那給自己一點疼痛也是無妨。這起碼讓自己知道此時此刻的他頭腦清醒，眼前一切不是虛無。

只有真情實感，才會教人感動。

現在，起碼有一種感覺他能確確切切地感受到，那就是現實生活中的他究竟擁有多少真正的朋友？在朋友的眼中，他又是一個怎樣的人？他要如何做好自己，讓其他人都會喜歡自己呢？他又該如何贏取 Isabella 的友誼呢？

「嗨，Isabella 妳好，有空一起去喝點東西嗎？」

輝仔自言自語，不好不好，這太唐突了，綠茶蛋糕說，Anatta 能征服大魔王，完全是因為牠的「無我」，不自私自利，不自以為是，這道理不是也能應用於交友之道嗎？「再來再來——嗨，Isabella 妳好，這個送給妳，謝謝妳——」

說着說着，Isabella 已出現眼前。只見她秀髮迎風、步伐輕盈地從操場裏步出，身旁還有兩名同

伴。輝仔一下子亂了節奏，連忙深深吸氣，再呼出，然後鼓起勇氣准備走上前去説「嗨——」。

怎料 Isabella 一行三人已在身前掠過。

怎麼話到唇邊又吞回進去？哎呀，該死！説着又給自己一記耳光，他要好好記住這份痛楚，這份真實的感覺。

真的假不了。

這位不善辭令的宅男連忙追趕上去，緊緊跟在 Isabella 身後，卻保持着十五到二十步不等的距離，不讓對方發現。

只見 Isabella 在街角處跟兩名同伴揮手説再見，然後突然一個轉身，瞪着尾隨的輝仔。輝仔一時呆住。

「你幹嘛跟着我？」Isabella 故作生氣地問道。

「我——」輝仔的舌頭打結了。

「説呀？為什麼？你知道這樣跟蹤別人會給人家造成嚴重的不安的嗎？」

輝仔感到自己的臉蛋發燙，十分尷尬。

「説呀！」

「我——」輝仔紅着臉説：「我——只想找個機會謝謝妳。」

「謝謝我什麼？」

「謝謝妳來救我。」輝仔終於鼓起最大的勇氣説：「妳這星期天有空嗎？我想請妳——」

「沒空！」Isabella 一口拒絕。

「呃——！」輝仔張着嘴巴，自覺丟臉。

「因為我要參加植樹日的活動。」Isabella 這才解釋因由，然後又説：「你有空也來吧。」

輝仔忙不迭點頭，傻傻的笑着説：「好啊。」他的心裏泛起了一陣暖烘烘的熱流，他慶幸這種甜孜孜的感覺真真切切地發生在現實世界，而不是在那充滿錯覺的網絡空間裏。

那邊廂，灣仔警署門外已集結了四方八面聞風而至的電台和電視記者。

警署出了英雄人物，市民爭相圍觀拍照。大家又再高談闊論一番，把這樁本港開埠以來最為匪夷所思懾人心魄的連環謀殺案件娓娓道來。其他受害人一一現身說法。印巴裔電視女記者搶先報道，關 Sir、Richard 等人成為全城焦點、頭條人物。Anatta 救人無數，更被冠以狗中模範，四出領獎，成為史無前例首隻獲頒最佳市民獎的犬科動物。人狗情濃，物我一體，愛狗之風橫掃全城。

　　「一、二、三，笑！」

　　熱鬧過後，警署全體同仁集合在古色古香的火爐前來一個大合照。

　　滿室都是箱子和雜物，這是搬家前的最後準備。

　　大家都有點依依不捨。

　　「中環那邊的新辦公樓比這裏寬敞許多，舒適許多！」關 Sir 仍舊挺着那個微微隆起的小腹，向他的團隊宣布：「政府早已落實了計劃，灣仔警署已被列為法定古蹟，並將會活化成為特色的旅遊景點，還會蓋酒店、公園等。」

　　「送舊迎新！關 Sir，我們今晚一起去喝酒盡興！」Richard 提議說。

「我不去了，酒我戒掉了，我這啤酒肚要減一下！」關 Sir 拍拍自己胖嘟嘟的肚子，回想自己在電玩裏的健碩身形，不禁輕嘆：「這個年紀還妄想有八塊腹肌？哈哈，別發夢了！」

「關 Sir，你不是不喝酒睡不着的嗎？我看你堅持不了很久。」Richard 笑道。

「有志者事竟成。酒會傷肝的，最近驗了血壓、血糖都高了，看來我真的要徹底改變一下生活習慣，你們年輕的去玩吧！」

「難道肥媽又親自下廚？」Richard 問道。

「呵呵！」關 Sir 裝出一個奇怪的表情道：「肥媽連麻將也不打了！每天煮飯做菜，以後你們要改口叫她靚媽了。」

「為什麼？」

「她在積極減肥，還參加了一個什麼健身班，三個月速成的那種，我看她能熬得住多久？」

「哈哈，給她多一點鼓勵吧。我看最好的鼓勵就是你也跟她一起去，看你們兩個誰先把肚腩消滅！哈哈！」

關 Sir 笑了笑走開，他心裏知道，最近家裏的生活細節確實起了不少微妙的變化。肥媽花在麻將和電視的時間大大縮短了，花在家務和廚房的時間倒是多了許多，他和輝仔不用每晚啃飯盒。輝仔花在網路上的時間也少了，他開始懂得分辨真與假的世界，老師提供了一些益智網站給他，他還會利用電腦去做功課。還有，家裏不知什麼時候開始，多了不少盆栽，都是兩母子買來的，説要什麼開展綠化生活。

Richard 回到自己的崗位，執拾案頭上的檔案。

桌子上放了一幀他與 Justin 以前的合照。只見兩兄弟笑意盈盈，情如手足。回想最後一次在那漆黑的後巷裏與 Justin 分道揚鑣的情景，Richard 的心裏不禁又難過起來。好一個大好青年就這樣被賭癮糟蹋掉了！這些日子一直給他打電話、發短訊都沒有回音，自己難得從那虛擬的地獄返回人間，摯友卻在真實的人間蒸發，生死未卜，愈想愈是心痛。

突然，身後傳來熟悉的聲音。

轉頭一看，眼眶頓時泛紅。

Justin 如舊地吹着口哨回來，這老同學竟還活生生的站在眼前！

男子漢呀，別這樣子。Richard 努力地控制住淚水。

「錢都還給你喇，查一下銀行戶口吧，以後沒拖沒欠。」Justin 笑着說，但那已不是他昔日在學校裏的那種爛漫的笑，而是一個已有一點經歷的男人的笑容。

「你回來幹嘛？哼，我以為你死了！」Richard 宣泄了情緒，心裏卻踏實了。

其實，Justin 有沒有還錢給他還是其次，人回來了就好。

「警察做不成了，我大可回來當個文物古蹟導賞員，為遊客說說香港的生態和歷史！」Justin 自嘲地說，然後走前拍拍 Richard 的肩膀，收起笑容道：「Sorry！」

「哼！要我接受你的道歉嗎？」Richard 說道：「我有一個條件。」

「你跟我講什麼條件？」

「戒掉它！」這是 Richard 唯一的要求：「徹徹底底的戒掉它！」

Justin 苦笑了一下：「這就是我今天回來的原因——」

「真的？不會是三分鐘熱度吧。」

Justin 輕嘆了一聲，凝望着空氣，然後馬上又打起精神，眼神堅定地説道：「今晚吃飯我請，當作賠罪。不過在此聲明，我已改吃素，這是對我自己的一種警惕。」

兄弟對望，兩人笑了。

一切盡在不言中。

「叫 Angel 也一起來吧，如果她不介意吃素的話。」Justin 説。

「今晚不行。」Richard 搖搖頭。

「明天怎樣？」

Richard 一再搖頭。

「你幹嘛？要擺什麼姿態嗎？」

「等我回來再説。」Richard 笑道：「我請了一個星期假期，今晚就要飛了。」

「去哪裏？」

這時，關 Sir 捧着一個大盒子經過，禁不住插嘴道：「Justin，你趕快去買禮服吧。」

「你說什麼，關 Sir ？」

「伴郎人選非你莫屬啦！」

Justin 馬上意會了，瞪大眼睛對 Richard 說到：「恭喜你啊，哈哈，你不是說過不到三十不娶妻嗎？是不是搞出『人命』了？」

「我做人有計劃，不像你！」

一條脆弱的神經被挑動了，Justin 臉色一沉。Richard 連忙換個口風，打趣地說：「不過，我和 Angel 會考慮你的提議，好好想想是不是要趕生一個龍胎。」

「好啊。」關 Sir 插嘴道：「年頭擺酒，年尾生龍胎，最好是雙胞龍鳳胎，好事成雙，雙喜臨門！Justin，你要當乾爹了，快準備封個大紅包。」

Justin 笑了，他問 Richard：「這次算是預度蜜月了是不是？去哪裏？」

「我們要去──」Richard 故作神秘：「一個沒有被文明污染的烏托邦！我們要找傳說中的稀世寶石！」

「稀世寶石？」

「是！千千萬萬的無價之寶！Angel 參加了一個環保組織，剛好有團出發，她説上次錯過了，要親眼去看看現實世界中是否真的有那麼蔚為奇觀的景色！」

「你説什麼？什麼無價之寶？」Justin 追問。

「笨蛋！我拍些照片回來給你看吧，如果我們真的能見到的話！」

Justin 依然一頭霧水。

「來來來！」這時，一名女同事拿着照相機跑過來説：「Justin 也回來了，再來一張大合照吧！來，全家福！」

「好！」全體一致贊成。

「一、二、三・笑！」

灣仔警署就在一片歡樂笑聲中完成了它的歷史

任務。

　　這警署自一八六八年啟用以來，經歷了近一百五十個寒暑，在日寇侵華時更曾遭受嚴重炮擊，明天開始，這裏正式封館。關 Sir 的年資最長，為大家講述一段又一段刺激的、感人的、荒誕的警匪故事。說到最吊詭懸疑，也是最恐怖驚慄的，當然要數這樁郭翔事件了。大家依依不捨，一個接一個的在古色古香的火爐前、樓梯旁、門窗邊留下倩影，將要失去的都會特別珍惜，將要離開的更覺可貴。

　　太陽徐徐西下。

　　這個時候，不知從哪那裏呼呼啦啦的飛來了一群五彩繽紛的鸚鵡，牠們在警署的上空盤旋，不斷地繞圈，蔚為奇觀，引來不少途人圍觀。就在夜幕低垂，華燈初上之時，牠們又呼呼啦啦的向着一個方向飛去了。

　　當陽光再次親吻大地，這古老建築裏所盛載的一段又一段陳年往事，將會悄悄地走進我們所有人的共同回憶裏去。

22

在遠方的團聚

雪花飄飄。

天地白茫茫一片。

怒江沿岸，白雪一夜之間將村落全部覆蓋，白茫茫的一片，彷彿全部靜止，唯獨碧綠的怒江水依舊奔流，從不停息。

深山大宅前，香火煙霧瀰漫。

一位身着袈裟、神氣飽滿、手持佛珠的法師，恭敬的朝四方拜過，口中喃喃：「超度邪路，化解冤債，修福修慧，離三惡趣，生三善道，往極樂淨土，阿彌陀佛——」

一旁的和尚沉聲吟唱誦經。

林姑娘攙扶着老婦，與十來個山裏村民前來向郭翔的墓碑鞠躬祭奠。

　　不知何來的一陣怪風，把法師與眾人的衣衫吹得飄飄揚揚，香燭上的煙火忽明忽滅。

　　法師手搖招魂幡，與和尚一起口念誦咒：「南無喝囉怛那哆囉夜耶‧南無阿唎耶，婆盧羯帝爍缽囉耶‧菩提薩埵婆耶‧摩訶薩埵婆耶‧摩訶迦盧尼迦耶‧唵，薩皤囉罰曳——」

　　老婦的一頭白髮被吹起，她的淚水在眼眶裏滾動，她拿着孫子的一條義肢，緩緩地走向墓碑，跪了下來，把義肢輕輕放好。

　　這時，一縷白煙在墳前不遠處嫋嫋升起，在半空中繚繞不定。林姑娘與一眾村民心裏嘖嘖稱奇。老婦抬頭，望着望着，她那眼裏的淚水便順着皺紋的溝道，一串一串地落下來。隨着法師與和尚誦經之聲，那一縷白煙，慢慢地，向着遙遠的天際飄去。

　　「喂？是關先生嗎？我是小林。」

　　關 Sir 尷尬死了，他正和肥媽在健身中心裏做蒸汽瑜伽，竟一時忘了關機，鈴聲在極度寧靜的室內突然響起，把眾人從深沉的冥想中驚醒過來。關 Sir 連番躬身點頭，又用手勢致歉，並連忙拿起手

機疾步走至室外。

「林姑娘妳好，我拜託妳的事都辦好了嗎？」

「辦好了。關先生，不過有一件事要告訴你。老太太在超度法會結束當天晚上就過身了，她是在睡夢中安詳地睡過去的，我想，她和她的孫子已經在天家團聚了。」

緣起

這個故事構思於二〇〇七年，當年有消息傳出，屹立在告士打道的舊灣仔警署行將改建成什麼特色酒店，所以就興起一個為它寫個故事的念頭。機緣巧合，應一位金像導演之邀，創作一個一連五集的電視電影，於是就交出了這個故事的大綱，可惜的是，二〇〇八年全球爆發金融海嘯，股市暴跌，百業蕭條，事情便不了了之。

　　多年以後，電影拍不成，不如把劇本變作小說吧，於是便有了這個故事了。劇本裏的鬼屋，變成了小說裏的綠色地獄、黑森林。小說比劇本難寫，因為當中需要加入許多細節，例如場景的描寫以及人物心理活動的細緻描繪。

　　人與環境的關係，是一個恆久的課題。自從人類出現，便從未間斷地對地球進行開發；工業革命以降，文明與自然更形成了一種永恆的衝突。人類已經一次又一次感受到環境問題給我們的警告了，可是我們仍然無動於衷。人類對大自然無節制的巧取豪奪，已經達到災難級的程度，寫這段文字的前幾天，偉大的科學家霍金剛去世了，霍金不是也多番警告過人類要停止對大自然進行瘋狂的破壞嗎？

　　從佛教的角度來講，人有煩惱，皆因我執。因為有我，便有了貪嗔癡等諸惑，造就一切惡業，乃至世間的種種罪惡，皆由此生。只有放下執著，無染無垢，回歸清淨無我，一切煩惱才能熄滅。

一切惡源於我故，惡念斷絕，則應無我。無我者，佛語謂之，Anatta 也。

綠色地獄

作　　者：演然

責任編輯：陳銘洋

封面設計：chming

美術設計：鍾宛霖

出　　版：明窗出版社

發　　行：明報出版社有限公司

　　　　　香港柴灣嘉業街 18 號

　　　　　明報工業中心 A 座 15 樓

　　　　　電話：2595 3215

　　　　　傳真：2898 2646

　　　　　網址：http://books.mingpao.com/

　　　　　電子郵箱：mpp@mingpao.com

版　　次：二〇一八年四月初版

I S B N：978-988-8445-58-5

承　　印：美雅印刷製本有限公司